雪山并蒂莲

记"感动中国人物"胡忠和谢晓君夫妇

四川教育出版社

·成都·

图书在版编目（CIP）数据

雪山并蒂莲：记"感动中国人物"胡忠和谢晓君夫妇 / 覃贤茂著. —成都：四川教育出版社，2013.12（2019.9重印）

ISBN 978-7-5408-6379-1

Ⅰ.①雪… Ⅱ.①覃… Ⅲ.①报告文学–中国–当代

Ⅳ.①I25

中国版本图书馆CIP数据核字（2013）第306221号

出 版 人　雷　华
策　　划　王积跃
责任编辑　胡　晓　宋　陆
装帧设计　武　韵
责任校对　喻小红
责任印制　陈　庆　杨　军
出　　版　四川教育出版社
　　　　　地　　址　成都市槐树街2号
　　　　　邮政编码　610031
　　　　　网　　址　www.chuanjiaoshe.com
发　　行　新华书店
印　　刷　北京天宇万达印刷有限公司
制　　作　成都完美科技有限责任公司
版　　次　2013年12月第1版
印　　次　2019年9月第2次印刷
成品规格　170mm×240mm
印　　张　15.5
定　　价　49.00元

如发现印装质量问题，影响阅读，请与人民时代教育科技有限责任公司调换。电话：（010）61840182
如有内容方面的疑问，请与四川教育出版社总编室联系。电话：（028）86259381

目录

雪　　　　　山

并　　　　蒂　　　　莲

胡忠、谢晓君夫妇

他还没有填写个人简介

1968	**3551**	**440**
关注	粉丝	微博

✚ 关注　☐ 私信

参加《感动中国》颁奖礼到现在，这么多网友关心我们、支持教育，觉得深受感动和激励！我们只是普通的人民教师，我们获得的荣誉是属于和我们并肩战斗在高原的全体志愿者，属于全成都的支教工作者，属于所有关心支持我们的朋友！也属于我们高原的孩子们！没有他们，所有的一切都将仍在原点！谢谢大家了！

2012-2-10 11:06

这么多年，在这块牧场上的特殊学校里，我们将染污孩子的人为因素几乎降低到零位。依托纯净的自然环境和纯朴的高原民风，在老师的帮助下，孩子们心里除了学习知识文化、除了与老师交流互动、除了接受正面健康的文化知识熏陶、除了践行正确的成长之道，所剩的能让他们走上歧路岔口的机会很少很少了。

2012-3-15 21:33

工作因为喜爱可以变得很享受。我很爱我的孩子们，一如孩子们对我的爱一样。夜渐渐深了，四周一片寂静。我静静剪着要发给孩子们的知识点的单子，一种幸福感在心间流动，爱——让我沉浸在这样的工作中，我很享受我的职业，我很享受我的工作……

2013-10-12 23:46

引子

切近生命的惊艳

　　那风景有一种难以言说的神秘力量，使人的精神向上提升，融入阳光，超越世俗，超越琐碎，接近光明彼岸，进入诗意一般纯净而空灵的仙境。

　　那是一次让胡忠和谢晓君夫妇永世难忘的心灵历险。也正是这样一次切近生命的惊艳旅程，彻底改变了胡忠和谢晓君夫妇的人生轨迹。

　　是一种什么样的奇特的命运的召唤，让一切就此改变？是怎样的经历让他们的内心激发出早已凝聚的精神力量，从此发现和找到了他们人生的方向，获得了精神上纯粹的自由，最终拥有了内心的幸福和宁静？

　　胡忠和谢晓君夫妇永远不会忘记2000年秋天的那一次看似偶然，却有着内在必然性的康定塔公草原之旅。

13年前那梦幻一般奇妙的一幕，似乎就发生在昨天。那些让人感怀的记忆，至今依然是那样鲜活生动，似乎永远也不会褪色。那些记忆和印象，是如此的鲜明而又特殊，一切似乎都还触手可及，有一种坚硬的质感，却又像一个遥远而神奇的梦境。

　　那些风景，河流、草原，牧歌悠扬，那并蒂雪莲一般绽放的雅拉神山和雅姆雪山，那些遥远的人和事，在记忆的真实之中，生长着模糊不清的诗意。

　　现实和梦境似乎在那里重叠了起来，清晰之中却有一种云遮雾绕的朦胧。

　　也许生命的真实只有在诗意的觉悟之中才更能够呈现出超越凡俗的无限丰富性。诗意和梦想的力量，让他们在另一个层面上，以另一种视角，体悟到另一种真实，这是一种生命永恒意义上的真谛，而不仅仅是从身体的感观去触摸和感知。

　　现在，让我们追溯他们夫妇二人的回忆，将时间的场景推移到2000年秋季的某一天。

第 一 章

最美的风景

川西平原向西300公里之外，群山巍峨起伏，海拔陡然上升，那里是一片奇异神秘的土地。蜿蜒盘旋的川藏公路，穿过地处四川盆地与青藏高原过渡地带的康定，风土人情倏然改变，呈现出与川西平原完全不同的高原美景。

大雪山山脉上的折多山口，海拔4298米，位于四川省甘孜藏族自治州境内，是康巴第一关。折多山将康定县境分为东西两大部分，以东是群山峡谷，以西则是青藏高原，真正的藏区。

折多，在藏语中是弯曲的意思。翻越折多山的川藏公路九曲十八弯，高山和峡谷有着强烈的反差，大自然的奇景，让人感到惊心动魄。

海拔3730米的塔公草原就在折多山以西，距康定县城100多公里。进入康巴藏区的塔公草原，必须翻过折多山。

2000年秋的一天，一辆开往塔公草原的长途客车正小心翼翼地在折多山的盘山公路上缓慢前行。我们故事中的主人公胡忠和谢晓君就坐在车上，开始了他们的首次塔公草原之行。

没有人注意这对年轻的夫妇，他们看上去就像一对普通的游客，朴素而平凡。唯一让人感到有些不谐调的是他们的身上已经过早地穿上了厚厚的棉衣。

有经验的人能够看得出来，这对年轻夫妇一定是初次到这里。在他们出发之前或许已经听说了高原变幻不定的寒冷天气，所以尽管秋日朗朗的阳光还温暖地照耀着，他们却已经早早做好了御寒的准备。

时年32岁的胡忠，看上去比同龄人要成熟稳重很多：方正而瘦削的脸形，给人一种敦厚踏实而又睿智的感觉；挺拔的鼻梁，传递出某种内在的定力；微微皱起的眉头，似乎暗示了他心中许多深邃的思虑；脸上一副方正的黑框眼镜，则呈现出一股浓郁的书卷气息。

胡忠的妻子谢晓君，有着温婉柔和的容貌、清澈的眼眸，一看就是一个温柔贤惠、知书识礼的女人。

　　两人的手紧紧握在一起，眼神时而默契交换，这是一对非常恩爱的年轻夫妻。

　　当长途客车缓缓上行、开始翻越折多山之时，胡忠和谢晓君很长时间都是沉默的，只是目不转睛地望着窗外那些从未见过的美丽风景，他们热

切的眼神，难以掩饰内心压抑不住的激动。

生长在川西平原的他们，此前还从来没有过这样的远行，新鲜和奇异的风景不断给予他们强烈的视觉以及心灵上的冲击。

从车窗向外纵目眺望，远处雄伟的山峦，深邃的幽谷，湍急的河流，一切尽收眼底。他们来到了一片从未想象过的神奇土地，心中充满了遐想和对未知事物的热切渴望。

高原上秋季的天空，如宝石一般纯净。天空中的云彩，在阳光的照耀之下，呈现出丰富的形状和光影变化。远处的山谷似乎望不到尽头，幽深难测。覆盖着白雪的山顶，在阳光的照射下，闪烁着耀眼的银光。起伏的山峦，由远而近，呈现出多种明暗不同的色彩层次。

长途客车继续上行，前面忽然一个急弯，谢晓君不由得惊呼了一声，把胡忠的手握得更紧了。

胡忠转过头，含着笑意看着谢晓君，关切地问道："你没事吧？"

谢晓君有些羞涩，也笑了一下，轻声说："没事，只是这路太险了。"

胡忠点点头，说："有一句话是'吓死人的二郎山，翻死人的折多山'。你看，折多山的盘山公路九曲十八弯，绕来绕去，就像个'多'字一样。"

雪山并蒂莲

第

一

章

谢晓君看了胡忠一眼，撇撇嘴说："这下你满意了吧。国庆放假不好好在家里待着照看女儿，非要拉着我到这里来。"

胡忠憨厚地笑道："咱们女儿已经快满八个月了，也该是断奶的时候了。这次咱们出来旅游，正好让女儿断奶。要不然你留在家里，肯定下不了这个决心。你放心，有外公外婆在家，他们一定会好好照顾女儿的。"

谢晓君眼圈突然一红，说："才离开家一天，我就开始想女儿了，有些放心不下。"

胡忠用力握了握谢晓君的手，说："孩子总归要长大，总归要独立，有时候对孩子放开手也是必要的。"

谢晓君沉默了一会，和胡忠一起又转头向窗外看去。那些从未见过的风景，再次吸引住了他们的目光。

长途客车继续前行，继续向上……车里平静的气氛忽然被打破了，乘客们躁动起来，有人在大声说："看，折多山顶到了。"

长途客车在转过一道大弯之后，缓缓驶到了折多山垭口。

放眼窗外，天变得更蓝、更为辽阔和深远，秋天的阳光异常明亮。

长途客车缓缓地停了下来，司机宣布在这里休息十分钟。

胡忠和谢晓君也随着大家下了车，走向公路旁边的一块空地。山风凛冽，他们骤然感觉到一股寒意袭来。

胡忠和谢晓君不由得感到庆幸，还好事先听从了朋友的建议，带够了衣服。

在垭口环视群山，一种辽阔雄伟的感觉油然而生。

"看，那里就是贡嘎山。"胡忠兴奋地喊了起来。

顺着胡忠的手势，谢晓君望去，阳光之下，远处一座巍峨的雪山清晰可见。它的四周重峦叠嶂，环绕的群峰也与主峰一样白雪皑皑。

胡忠继续说道："那就是号称蜀山之王的贡嘎山，海拔有7556米。"

谢晓君凝神远望了一会，说："看来你的准备工作做得很好。"

胡忠笑了，说："来这之前，我在图书馆里查了资料，看了许多介绍。"

"过了折多山口，我们就要真正地进入藏区了。"胡忠又指着垭口竖立的一块石碑说，"你看见没有，海拔4298米，这可是我们俩人生中的一个新高度啊。"

谢晓君温柔地看着胡忠说："怎么样，现在你的心情好了许多吧？"

胡忠笑了笑："是啊，还是老婆理解我，陪我出来散心。"

谢晓君望着胡忠，幽幽地说："我知道你从学校辞职之后，这些日子一直都过得不太开心。"

胡忠望着远处，神情忽然变得有些落寞。

胡忠和谢晓君本来都是成都第十中学的老师，胡忠的专业是化学，而谢晓君的专业是音乐。前不久他们所在的学校和成都石室中学合并，成了石室中学的初中部，原来高中老师都要下到初中部来，再加上从石室中学也调来了一些老师，这使新学校的师资队伍瞬间扩大，一时间人才济济，岗位竞争很激烈。

那时，胡忠接到学校通知，如果要继续留校工作的话，就只能和另外

一位老师共同管理实验室，而他本来担任的学校团委的工作，也要交给一位更年轻的老师来做。

胡忠是一个理想主义者，他觉得继续留在学校已经不能很好地发挥自己的能力和作用，所以经过考虑之后，他选择了离开。

这些情况谢晓君当然很清楚，此刻更能察觉丈夫脸上一闪而过的落寞之情。于是她安慰胡忠说："其实你离开学校去帮朋友做事，收入也会不错啊。"

胡忠摇摇头说："收入不错有什么用？我觉得没有成就和乐趣。不能做自己喜欢的事，收入再高也没有意思。"

谢晓君惊讶地问："难道你还想当老师？"

胡忠肯定地回答道："是的。你知道我高考之所以报考重庆师范学院，就是因为我一直的理想都是要做一名好老师。"

谢晓君若有所思，抬眼看向身边的丈夫说："这次你要我陪你来塔公草原旅游，你说要来参观一所在塔公的孤儿学校，难道你……"

胡忠眼光看向了别处，回避着谢晓君的目光，说："我只是想先来看看，看看再说吧。"

胡忠的心中忽然产生了一种莫名的愧疚。他知道妻子很爱他，一切都依着他，只要他想做的事情，谢晓君从来没有阻拦过。其实，这次利用假

日，他要谢晓君陪他到塔公草原旅行，心中还有另外一个目的，他到现在都还没有和妻子明讲。不过，胡忠也知道，聪明的妻子，似乎隐隐约约地感觉到了什么。

离开石室联中这一段时间以来，胡忠觉得自己的人生失去了方向。在外面帮着朋友做事，虽然收入还可以，但那仅仅是一份职业，不是他的理想，不是他愿意干的事情，所以很长一段时间，他觉得自己过得并不开心。

不久前，他在一份晚报上看到了一篇名为《百名孤儿盼教师》的报道。那篇报道讲的是甘孜藏族自治州康定县塔公乡一所孤儿学校急需老师的事情。胡忠自己也不知道为什么，读完那篇报道之后心里久久不能平静。他内心产生了一种强烈的冲动，很想去那里看看，去那里支教，其实这才是他这次到塔公旅游的真正目的。

当然，去孤儿学校看看，他也向妻子提到过的，但那只是轻描淡写，对妻子强调的是出来旅游散心，并没有明确谈到他内心的冲动和想法，因为连他自己都觉得太过疯狂——他从没去过高原，更不知道能不能适应在那里教书、生活。他只是想，先去看看吧！

温柔贤惠而善解人意的谢晓君，答应了胡忠的要求。他们将女儿留给了家里的老人，也打算趁此机会让八个月大的女儿断奶。

美丽的风景也许是心灵最好的治疗师，当胡忠和谢晓君踏上这趟旅途的时候，面对大自然壮丽的风景，他们的心境开始变得纯粹和明净起来。

而此后发生的一切，又仿佛是冥冥中的刻意安排和不经意的巧合。他们接下来所看到的神奇风光和风情，似乎必将唤醒他们内在的理想的力量。

这是真的吗？这梦境一般的塔公草原之旅！

其实一切刚刚开始，一切就此发生。

第 二 章

塔公：菩萨喜欢的地方

当长途客车翻越折多山口、继续向西而行的时候，藏区高原更多更为惊艳的风景点燃了他们生命中内在的激情。

高大的白杨树闪烁着金子一般的光芒，蜿蜒的河流穿过草甸和石滩，在阳光中呈现出彩虹一般的光泽。绵延的山丘起起伏伏，草坡的绿色中泛着金黄，星星点点散布在草原上的牦牛和骏马在徜徉。松软湿润的土地，昂扬着生命的气息。牛羊的低鸣，若有若无地回荡在远处，雄鹰在天空中展翅，在山间盘旋。旱獭把圆滚的身体隐藏在草地的深处，发出鸟儿一般"吱吱"的鸣响。河流在林间时而出现，时而隐没，时而又展现出开阔的全景。

光与影交织变幻着，百转千回，姿态万千。

独具特色的红、黑、白三色的藏族民居，呈现出神秘的气氛和情调，如迷人的图画，如浪漫的诗篇。

胡忠和谢晓君被这特异的美景陶醉，觉得呼吸都变得急促起来。

与折多山险峻的山势完全不同，草原的地势在起伏中渐渐和缓了下来，视野更为开阔。目光所及，丰茂的草场望不到边际，但又和想象中一马平川的草原印象有所不同。

山冈上点缀的玛尼堆和五颜六色的经幡，展示出神秘的民族风情；在秋日阳光明朗的照耀之下，草原远处山地之间萦绕的那些白色的雾霭，似乎也是灿烂和明亮的。头顶的天宇，透着一种晶莹剔透的湛蓝色。

山坡之下地势比较平缓的草地，散布着牧民的帐篷。袅袅的炊烟在帐篷上空升起，空气中似乎透着一股浓郁扑鼻的奶香、茶香。

长途客车所行之处，随处可见牧民们在草地上悠闲地放牧。最多的是牦牛，成群结队地在草原上游荡。

悠扬婉转的牧歌，时常从远处传来，虽然听得并不十分真切，但却另有一种神韵。

长途客车转过一处山坡，胡忠突然松开了一直握着的谢晓君的手，身躯挺直了起来，伸手指向窗外说："看，到了，那里就是塔公镇。那个应该就是塔公的标志性建筑木雅金塔。"

谢晓君顺着胡忠手指的方向看去，前方一大片地势平缓的草地之上，有一座佛塔，在阳光的照耀下发出灿烂夺目的金色亮光，非常显眼。

部分志愿者老师合影

很快，离木雅金塔不远处的塔公寺也进入了他们的视线。从外面看上去，塔公寺似乎并不是很大，但寺庙内佛塔耸立、屋宇巍峨，方方正正的红墙将寺庙包围着，另有一种肃穆庄严的气氛。

谢晓君指着塔公寺问胡忠："那里就是你对我说过的塔公寺吗？"

胡忠似乎急着要去收拾行李，准备下车。他说："我看过介绍，塔公寺的全名叫'一见如意解脱寺'。你不要看它规模小，它可是藏传佛教萨迦派著名的寺庙，有1000多年的历史了，是藏民朝拜的圣地，所以塔公甚至有'小拉萨'之称。你知道塔公是什么意思吗？"

谢晓君不解地摇摇头。

胡忠一边收拾行李一边继续说："塔公是藏语，翻译出来就是'菩萨喜欢的地方'。传说当年文成公主进藏的时候，曾路过这里。她随身携带了一尊释迦牟尼佛像。当他们走到这里的时候，佛像突然沉重起来，再也抬不动了。而且佛像竟然开口说话，说它喜欢这个地方，想留下来，不想再走了。但是这尊佛像是唐太宗赐予松赞干布的礼物，要留在这里，是不可能的。文成公主急中生智，命令随行的工匠按照那尊佛像的原样复制了一尊，并修建了庙宇，将复制的佛像供奉起来，这就是传说中塔公寺的由来。所以这里的人们就认为，如果不能去拉萨朝拜，到塔公寺来朝拜也有同样的功德。"

谢晓君饶有兴趣地听着，说："看来你对这里的情况已经了如指掌了。"

胡忠不好意思地笑笑："既然要来这里，当然要事先做好功课啊。"

塔公镇终于到了。

胡忠和谢晓君拿着行李，站在塔公寺门前小小的广场上。

虽然阳光明亮而热烈地照着，但他们依然能感觉到高原上秋日的寒意。

胡忠和谢晓君深深地呼吸着那清冷但又稀薄的空气。胡忠拉着谢晓

雪
山
并
蒂
莲

君的手，关切地问："你没事吧，感觉到高原反应了吗？这里已经快海拔4000米了。"

谢晓君四处张望着，说："还行，就是昨天晚上睡觉有点头疼。你呢？你平时身体也不是很好，你怎么样？"

胡忠挥了挥手，说："没事，高原反应总会有一点的，不过扛得住，没有关系的。"

身处塔公镇，环顾四周，所见的景色又和在车上看到的有所不同。

这是一处富有藏区风情的小小的乡镇，空旷、静谧，人烟稀少，游人罕至。塔公寺前面的广场上，除了拿着行李的他俩，周围并没有行人，只能看到在远处有几位藏族老人在街边晒太阳。

塔公寺门前，一位身着僧衣的喇嘛在扫地。几条皮毛厚重的藏狗，慵懒而漫无目的地游荡着。几只麻雀在广场上旁若无人地踱步。寺庙的屋顶

上还有一群黑色的乌鸦，不时地飞向天空，起起落落。

胡忠注意到，这里的鸟儿都长得非常肥硕，比城里的鸟儿体形似乎要大许多。那些麻雀和乌鸦都长得圆润肥胖，羽毛似乎更有光泽。

在蓝天白云的映衬之下，塔公寺外的红墙显得分外鲜艳明丽。

胡忠的目光看向东边，惊喜地叫了起来："晓君，看，那里是雅拉神山。"

顺着胡忠手指的方向，谢晓君看了过去。

塔公草原的东边，那些起伏连绵的山峦后面，巍峨耸立着一座高大的雪山，在阳光的辉映之下，闪耀着银光。雪山挺拔向上，山体气势磅礴。从塔公镇方向看去，雅拉神山呈现出引人入胜的精美的雪莲花形状，从草原上拔地而起，雪山圣洁的白色与草原相映衬，一幅难以描绘和想象的壮阔画面，给人以视觉上的强烈冲击。

雅拉神山位于四川省甘孜藏族自治州康定、道孚和丹巴三县交界处，耸立于塔公草原东侧，是康巴大地的一座著名神山，海拔5800多米，山顶终年积雪，雅拉河发源于此并汇入大渡河。在雅拉神山的周围，分布着大大小小的几十条沟壑，风光绝美，姿态万千。

谢晓君不由得发出由衷的赞叹："太美了！"

胡忠继续为妻子充当导游，介绍说："藏族古籍将雅拉神山称为第二香巴拉。你知道香巴拉是什么意思吗？"

谢晓君点点头："这个我好像在书上看过。香巴拉是藏语的音译，又叫香格里拉，意思是极乐园，对吗？"

胡忠兴奋地说："是啊，香巴拉是佛教中传说的神话世界，是一个世外桃源、人间仙境。藏族著名的史诗《格萨尔王传》中记载了四座神山，其中就有雅拉神山。雅拉神山又被称为东方白牦牛山。传说雅拉神山上有一个山洞，里面藏着格萨尔王征战时留下的盔甲和金银财物，那是雅拉神山的镇山之宝。雅拉神山还是座处女峰，至今没有人登顶成功。"

胡忠继续说道："据说雅拉神山是有灵性的，并不是每一个初次来到塔公草原的人都能看到。我们的运气不错，到塔公第一天，就看到了雅拉神山，看来我们和塔公草原有缘分啊。"

正当胡忠和谢晓君夫妇忘情地观赏这雪山美景之时，一个身着汉族服装的女子向他们走了过来，与胡忠和谢晓君打起了招呼。

"请问是胡忠老师吗？"

那年轻女子穿着一件白色的羽绒服、红色的毛衣，有一种文雅而温和的气质。

胡忠略略一惊，很快反应了过来："你是西康福利学校的曹红老师吗？"

"我是，胡老师你好。"

胡忠笑着说："你好，曹老师，没想到你还专门来接我们。"

曹红的笑容同样真诚和灿烂："胡老师，前两天你打电话询问我们的情况，说好今天会到，学校的领导、老师和孩子们都很期待呢。我估计长途客车应该到了，怕你们不认识路，所以就过来看看，给你们带个路。"

曹红看着在一旁站着的谢晓君，说："这位是……"

胡忠连忙向曹红介绍说："这是我的爱人谢晓君。她和我一样，也是成都石室联中的老师。"

曹红热情地上前与谢晓君握手并问道："谢老师，你是教什么的？"

谢晓君有些羞涩地说："我是教音乐的。"

"啊，教音乐的，那是艺术家啊。"

谢晓君有些不好意思："哪里哪里。"

胡忠在一旁却夸奖起自己的妻子来："我们谢老师可是四川音乐学

院毕业的高材生，钢琴弹得可好了。在成都好多想学钢琴的孩子排着队找她教呢。"

"原来是这样啊，谢老师很了不起呢。"曹红高兴地说。

谢晓君白了胡忠一眼："有你这么夸人的吗？"她转向曹红说："其实没什么。只是在大学学的是音乐专业，马马虎虎能弹钢琴，很一般的。"

曹红伸手要帮胡忠和谢晓君拿行李，胡忠连忙说："怎么能让曹老师拿行李呢，我们拿得动。"

谢晓君推托不过，手中的行李还是被曹红抢了过去。

曹红热情地向胡忠和谢晓君介绍着这里的情况，带着他们朝西康福利学校走去。

曹红一边走一边和夫妇二人说："塔公是个很小的地方，我们学校就在西边，穿过这个街道，几分钟就到了。"

胡忠问道："曹老师，你是哪里人啊？你是什么时候到这里来的？"

曹红笑了一下说："胡老师，其实我也是成都人，是四川师范大学毕业的，一开始也在成都的中学教书。1997年就来了。"

胡忠微微一惊："好像这个学校就是1997年成立的。学校一建校你就来了吗？"

曹红点点头："是啊，也是机缘巧合。那一年，我在成都偶然得知了筹办孤儿学校的信息，所以学校建立之时我就过来了。"

"曹老师，你真不简单！"胡忠不由得赞叹道。

谢晓君也说："是啊，真的是太不容易了。"

这次轮到曹红有些不好意思了。曹红说："其实真的没有什么。当初来的时候也没有多想，只是心中的一点冲动。不过，到了这里，真的一点都不后悔，在这里能做一点帮助别人的事情，心情其实挺愉快的。"

胡忠不禁再次打量起眼前这个瘦弱文雅、看上去并没有什么特别之处的年轻女孩。她的笑容是发自内心的，她的眼神清澈如草原上纯净的山泉。

曹红又问道："胡老师、谢老师，你们都是成都石室联中的老师，石室联中那可是成都的名校啊，你们都是成都人吗？"

胡忠说："我是新都人，不过从小就在成都长大。谢老师是大竹人，大学毕业就留在了成都。"

曹红继续说道："塔公这个地方来的人真的很少。那天胡老师打电话说要过来看看，我们都很高兴。我把这个消息告诉了学校的其他老师，还告诉了孩子们，大家都很期盼呢。你们到这里就是贵客。"

谢晓君连忙说："曹老师，你人真好，这样我们太不好意思了。"

"这是应该的。"曹红又关切地问道："你们初次上高原，高原反应厉害吗？"

胡忠说："其他的还可以，就是昨天晚上睡觉有些不太好，头有点痛。"

"你们还不错，"曹红说，"我当初来的时候，高原反应可厉害了，吐得一塌糊涂。不过，住了两三天之后就适应了。我倒觉得来这里两三年，身体反而变好了许多呢。"

胡忠问："那曹老师在这里教什么呢？"

曹红笑着说："我原来在成都是教语文的，到了这所学校当然是教汉语。不过，这里的师资力量不够，有时候也只好'赶鸭子上架'，历史、地理、生物都教。"

第 三 章

孤儿们的家

塔公镇虽然是菩萨喜欢的地方，是菩萨来了就不想走的地方，但这里其实是一个非常小的乡镇，从东到西的街道，总共也不过二三百米的样子，街道两边都是藏族风格的民居，修得最气派的建筑也不过三层楼高。

整个小镇虽然略显破旧，但却另有一种古朴、安详、平和的气氛。

当曹红带着夫妇二人在街上行走的时候，经常会有一些藏民很热情地向曹红打招呼，以藏族的方式行礼。看得出镇上的人大都认识她，并且对她有一种发自内心的喜爱和尊敬。

不多一会儿，他们已经来到了塔公镇西边的西康福利学校。

从外面看去，这是一座并不起眼的建筑，一个红砖砌就的院子，铁门约有三米来宽，里面是一幢普通的楼房，还有一排简易的平房和一个并不算很大的前院。

看到这些简陋的校舍，曹红似乎有些歉疚，说："胡老师、谢老师，现在学校条件还很差。不过，我们的校舍今后要翻修，还计划要修一个很大的阳光棚。"

"阳光棚？"谢晓君有些不解。

曹红解释说："其实这里的气候是非常严酷的。现在是秋天，十月的天气还不算太冷，但深秋之后，几乎就是冰天雪地，有时候下大雪还要封山。阳光棚就是可以遮风挡雨的大厅，房顶可以透光，这样在冬天学生们就可以有一个非常好的室内操场了。"

"哦，原来是这样。"胡忠点了点头。

此时，胡忠发现，有十几个年龄大小不等的孩子围在学校的门前望着他们。那些孩子小的只有五六岁，大的也不过十三四岁，他们的面庞无一例外的有些微微发红。胡忠知道，那就是所谓的高原红，是高原生活给皮肤带来的特有印记。

孩子们都是笑嘻嘻的，眼光纯净，对夫妇二人充满了好奇。

进校前的孩子们

一个身着藏族服饰的老大妈走过来为他们开门。

曹红和她打招呼说："周大妈，这两位就是我们今天的客人，胡老师和谢老师。"

周大妈脸上露出慈祥的笑意，热情地招呼胡忠和谢晓君夫妇进来。

孩子们一拥而上，七嘴八舌地跟曹红、胡忠夫妇打着招呼："曹老师好，叔叔、阿姨好！"

孩子们上前不由分说便接过了他们手中的行李，簇拥着他们往学校里走去。

胡忠和谢晓君的心中泛起一股暖意，孩子们质朴、真诚的欢迎，让他们有了一种如沐春风的感觉。胡忠知道，这是一所孤儿学校，但是，胡忠在这些孤儿的脸上和眼睛中却看不到任何孤寂悲伤的神色，孩子们像早晨的阳光那样明媚和纯净，他们似乎已经被幸福和爱所包围。

簇拥着曹红、胡忠和谢晓君的孩子中，有一个年龄看上去最小、好像只有五六岁的男孩，身形瘦弱，头大大的，眼睛也大大的，笑得非常灿烂。他挤到了胡忠的身边，用小手紧紧拉着胡忠的衣服。

曹红笑着对胡忠说："他叫丹珠，别看他年龄不大，可很机灵，而且很好客。每一次有客人来，他都跑在最前面。"

那个叫丹珠的孩子顽皮地笑着，吐了吐舌头。

胡忠不由得伸手去摸了摸丹珠的头，说："这些孩子真可爱啊。"

曹红看了丹珠一眼，笑着说："可爱倒是可爱，可是顽皮起来也让人没办法。"

这时，胡忠和谢晓君听到校舍那边传来一阵欢快的歌声，还有孩子们的笑声，好像很热闹的样子。

胡忠和谢晓君抬头看向曹红，曹红笑着对他们说："胡老师、谢老师，你们今天来得真巧。今天天气特别好，孩子们在操场上上户外活动课呢。"

曹红停住脚步，拉着丹珠的手说："你们把胡老师和谢老师的行李放到办公室里吧，我带他们到操场看看。"

丹珠大声地说："是。"然后孩子们一起拿着夫妇二人的行李，争先恐后向校舍那边跑去。

曹红摇摇头，大声喊道："你们慢一点，不要摔跤。"

谢晓君不由得从内心发出赞叹："这些孤儿们真的是太可爱了。"

曹红做了一个手势，轻轻"嘘"了一声说："胡老师、谢老师，在我们学校里，大家约定了不说'孤儿'这两个字。别看这些孩子现在笑得这么欢，其实他们的内心都是有过创伤、留过伤痕的。大家希望孩子们向前看，忘记过去痛苦的经历，所以我们这里的老师和员工都有约定，绝对不在孩子们面前提起'孤儿'这两个字。"

"原来是这样，你们真是太细心了。"胡忠点点头说。

"我们会注意的。"谢晓君也连忙说。

曹红并没有带着胡忠和谢晓君直接进入学校校舍的正门，而是从校舍的旁边绕了过去。转过一个拐角，一片开阔的操场呈现在他们的面前。

胡忠看到，操场上有许多身着红色运动服的孩子正手拉着手围成圆圈在唱歌、跳舞。

这一片豁然开阔的操场，让胡忠和谢晓君夫妇眼前一亮。

环顾操场四周，是地势平坦的草地、河谷、平滩。一湾浅浅的河流绕着操场，向远方流去。河水清凉，跳跃着一些细小的白色浪花。河流的那边是一大片平坦的草地，远远地还能看到一些牦牛安静地在草地上吃草漫游。更远处的草甸则呈现出坡度的变化，起伏绵延着，阳光照耀在山头，闪动着一片金辉。

蓝天白云之下，一大群孩子无忧无虑地笑着跳着、唱着闹着，欢声笑语感染了胡忠和谢晓君夫妇。

这一切是多么的不同！

没有都市的喧嚣繁杂，没有水泥森林般高耸阻拦视线的楼房，没有川西平原上空经久不散的阴沉，有的只是明媚坦荡，让心灵得以净化的人与自然的和谐。

曹红、胡忠和谢晓君在操场的边上停了下来。

曹红轻声说道："孩子们在跳锅庄呢。"

夫妇二人看到，孩子们在操场上排成圆圈，由一位身着藏族服饰的女老师领头，手拉着手，按着顺时针方向跳着转着，此唱彼和。

虽然胡忠、谢晓君听不懂他们唱的是什么，但那些欢快的歌声和舞步，却依然能将他们的情绪带动起来。

响亮的歌声在空中回旋，孩子们踏着舞步挥舞着双手，时而缓慢，时而又加快速度。男孩子的动作幅度显得比较大，伸展的双臂犹如雄鹰潇洒的翅膀。女孩子的幅度则比较小，点步转圈，优雅温婉。

胡忠和谢晓君在一边看得发痴，这是他们人生中从来没有经历过的场景。

欢快的舞曲和着孩子们整齐大方的舞姿，让胡忠和谢晓君情不自禁地掏出相机来，要留下这美好的画面。

孩子们唱着跳着，过了一会儿，似乎是告一个段落，忽然他们"嘿"的一声欢叫了起来，共同做了一个结束动作之后，停下了舞步，安静了下来。

领舞的老师说："孩子们，请客人一起跳舞好吗？"

胡忠、谢晓君还没有反应过来，人群中一个藏族男孩和一个藏族女孩已向胡忠和谢晓君飞奔了过来。

他们来到胡忠和谢晓君面前，捧起白色的哈达，高举双手与肩平，然后再平身向前，弯腰鞠躬，将哈达举过头顶。

胡忠和谢晓君愣了一下，很快反应了过来，赶忙弯下腰，伸出双手接过了哈达。

曹红微笑着走上前去，接过了胡忠、谢晓君手中的哈达。

这时，又让胡忠和谢晓君没有想到的是，那两名藏族孩子，上前来牵他们的手，拉着他们奔向操场中孩子们的队伍。孩子们的歌声再次响起，欢快活泼的锅庄又跳了起来。

舞动的圆圈继续旋转，胡忠一时间觉得手足无措，有些笨拙地模仿着孩子们的舞步，手忙脚乱的，逗得孩子们一个劲地笑。

谢晓君毕竟是学音乐的，对这样的舞步倒是很能适应，协调地融入了孩子们的舞蹈之中，唱着、跳着。

胡忠忽然有了一种在云中漫步的飘然和兴奋的感觉。

梦一般的旋律，使他飘离了之前日常生活中那些平庸俗事的烦扰。

刚才在校门口迎接胡忠和谢晓君的那群孩子，放好了他们的行李，也赶了过来，加入了他们的舞蹈。

曹红老师也走进了队列，一起跳起舞来。

那个叫丹珠的活泼可爱的孩子挤到了胡忠的身边，似乎跟胡忠特别亲近，拉着胡忠的手，欢快地转着圈。

时间在这一刻似乎已经停止，这一刻已经成为胡忠和谢晓君记忆中难以磨灭的画面。

学校会议室中，简陋的木桌上摆放着两盘糖果，热腾腾的酥油茶散发着醉人的奶香。

曹红招呼夫妇二人坐了下来。

胡忠和谢晓君的心情久久不能平静，似乎还在回味刚才跳锅庄时感受到的那一份温暖和热情。他们刚坐下来，一名女老师便从门外走了进来。

这位女老师看上去也就三十多岁，戴着眼镜，文静的面容和纤瘦的身躯显出敏捷和干练，柔和的笑容中却透露出一种自信和坚定。

曹红向胡忠和谢晓君夫妇介绍道："这位是负责我们学校教学工作的程琳莉老师。"

胡忠和谢晓君连忙上前和程琳莉握手。程老师热情地招呼二人坐下来。

曹红继续介绍说："程老师可是我们学校的元老，我们之中她来得最早。"

胡忠看着程琳莉，客气地说："是这样啊！真不容易。程老师和曹老师都值得我们学习。"

程琳莉笑着说："哪里，我们都是凡人，到这里来只是想做我们自己愿意做的事情而已。"

谢晓君插话问道："程老师是哪里人？怎么会到这里来工作的呢？"

程琳莉回答说："我原来是重庆永川的一名老师。到这里来也非常偶然。1996年暑假，我和丈夫到这里旅游，无意中得知这里要创办敬老院和第一所孤儿院，受到感动，所以就下决心留在了这里。"

曹红介绍说："程老师可是见证了我们学校建立发展的整个过程。"

程琳莉叹了口气，接着又说："唉，说起来这所学校的建立真的很不容易。不过还好，虽然有很多的困难，学校现在也还很简陋，但总算是初具规模了。政府的关怀，还有各界人士的支持，对我们的帮助很大。现在学校的运行倒是很正常，只是师资力量太弱。这两年也陆陆续续来了一些

俯瞰西康福利学校

老师，但这里的条件太艰苦了，很多人来了又走，像曹老师这样能坚持下来的，真的很不容易。"

曹红有些不好意思，说："程老师说哪里的话，你从敬老院做义工开始一直到现在，那才不容易呢。"

胡忠和谢晓君相互对望一眼，都若有所思。

胡忠问程琳莉："你当初决定留在这里，你的家人能理解吗？"

程琳莉略略迟疑了一下，说："其实，当初我父母的确是不同意、不理解的。可怜天下父母心，他们的担心和忧虑是很自然的事情。在内地我们过惯了舒适的日子，他们自然会担心我们到这里来不适应。毕竟这里的条件太艰苦。不过我的丈夫倒是能理解我，愿意和我一起到这里来，为这里的藏区人民做一点事情。现在父母知道我们在这里生活得很好，过得很开心、很幸福，他们也就不再反对了。"

胡忠继续问道："你们走了，那你们的父母由谁照顾呢？"

福利学校的孩子们参加运动会

程琳莉说："这要感谢我的哥哥和妹妹，他们让我不要担心家里，他们会照顾好父母的。"

"程老师，"胡忠流露出赞叹的神色说，"你有这样的家人，真是值得羡慕，你的家人真是太好了，太善良了！"

谢晓君此时在一旁静静地坐着，但眼神透露出了她内心的感动。

程琳莉看了谢晓君一眼，继续说："其实人与人之间，理解是最重要的。虽然我幸运地得到了家庭的支持，能够来这里工作，不过，每一次遇上想到我们这里支教的年轻人，我都会对他们说，选择自己的生活，还是要尊重和考虑家人的感受。"

曹红点点头："程老师最通情达理了，对于那些到我们学校来了又走的老师，其实我们都非常理解，大家都不容易。"

程琳莉忽然话题一转："唉，不说这些了。胡老师、谢老师，今天你们到我们学校来参观，感觉怎么样啊，能不能给我们提一些宝贵的意见？"

胡忠连忙道："程老师，你太客气了，我们哪里有什么意见，真的一切都是眼见为实啊。现在才知道，这里与我想象中的真的不一样。"

程琳莉笑着说："怎么不一样呢？"

胡忠说："这个我一时也说不好，只是感觉这里的孩子过得很幸福。从一进校门到现在，我发现他们随时随地都很快乐。"

"也不完全是这样，学校的情况其实比你看到的要复杂得多，"曹红插话说，"今天是因为有客人来，所以孩子们特别开心。为了迎接你们的到来，孩子们把里外都打扫了一遍，还穿上了自己最好的衣服，锅庄和哈达也是特别准备的。其实，我们学校在对孩子的教育方面还有许多问题要解决。"

程琳莉的脸色似乎也变得凝重了一些："是啊，对孩子们的教育是一项艰苦细致的工作，需要老师们的爱心和耐心。你们不要看孩子们笑得这么灿烂，转过头夜深人静的时候，他们有的还会哭呢。"

胡忠似乎有些吃惊，说："是吗？"

程琳莉说："虽然我们在学校里从来不会提起'孤儿'两个字，但事实上他们都是一群失去了父母的孩子。他们每个人都曾经有过一段痛苦的经历，伤心、不堪回首的往事，其实都在他们的内心留下了难以磨灭的记忆和伤痕。"

胡忠不禁想起了托尔斯泰说过的那句话：幸福的家庭都是相似的，不幸的家庭各有各的不幸。

程琳莉继续说："这些成了孤儿的孩子，每个人都有各自的不幸。他们中有的父母是因病去世，有的是因为意外的车祸，还有的甚至是服毒自杀。这里面甚至还有一些身世不明的弃儿。没有了父母，没有了亲人的关怀和呵护，没有了经济来源，他们往往在毫无准备的情况下被迫体会人世的艰辛。

曹红接着说："多亏有了这所福利学校，这100多名孤儿才能生活得更有希望。"

"是啊"，程琳莉继续说，"记得学校刚刚建立的时候，你真的很难想象这些孤儿的样子。他们衣服破破烂烂，身上满是尘垢，头上甚至还长了虱子，就像街头的流浪儿。"

胡忠的眼睛有些湿润："那这里简直是他们的天堂！"

第四章

怎能忘记

美好的一天似乎过得太快，太阳已经偏西，草原上那些朦胧的暮霭已经升起。黄昏的余晖中，远处的雅拉神山在云遮雾绕中依然若隐若现。

夫妇二人参观了福利学校，和孩子们跳过了欢快的锅庄，又和学校的领导、老师进行了深入而恳切的交谈，还到教室里听了两节课。

晚饭后，胡忠和谢晓君携手来到了学校操场旁那条缓缓流淌的小河边，他们静静地欣赏着塔公草原傍晚时分那特异的风景。

也许是白日里的激动太多，有太多的感怀在心里沉积和发酵，太多的思绪需要慢慢梳理，两人竟然好长时间都默默无语。

草原的夜色有着让人意想不到的美丽。

温度骤然降低，这是高原的特点，夜晚和白天的温差很大。

胡忠和谢晓君都不由得裹紧了身上的棉衣，寒冷的空气却让他们的思维变得更加清晰敏捷。

纯净的天空显得比平时更高，让人感叹个人的渺小、俗世的虚妄。

夜色渐渐深沉，一轮明月慢慢从山坡上升起，景色变得如水墨画一般朴素自然而充满灵性。

河水在他们的脚下发出轻微流动的潺潺之声，在山谷中轻盈地流淌穿行。一种清甜的幽香在草地上弥漫，那是一种混合着野草、泥土和流水芬芳的大自然的气息。

这样的美景只对那些有着善感的特异心灵呈现。心灵在净化，如同这草原、这河水、这雪山、这稀薄但沁人心脾的空气。

宁静的河水缓缓地流动，像月光之下草地上露珠的闪光，像河流中波浪喜悦的跳动，对生命的赞美和敬畏，对崇高的向往和感恩，对人生的思虑和觉悟，对情感的净化和升华，似乎就在此刻发生。

胡忠拉着谢晓君的手，忽然说了一句话："没有想到这里的风景居然这样美。"

谢晓君看着胡忠，温柔地点点头："嗯，这里的风景真的很美。到这里来看看，真的很好。"

胡忠看着谢晓君，心中有很多话要说，却又不知从何说起。他沉默了半晌，转头看向那边灯火通明的校舍，忽然说道："程老师和曹老师要我们晚上给孩子们上一节课。"

谢晓君点点头："是啊，我们上什么课呢？你是学化学的，我是教音乐的。"

胡忠想了想说："我们去给孩子们唱歌吧，这对你来说是件简单的事情。"

谢晓君说："嗯，这个不错。可是唱歌没有伴奏，学校要是有钢琴就好了，我可以弹钢琴给孩子们听。"

胡忠说："下午我在学校的会议室里看到墙上挂了一把吉他。我弹吉

初到草原的胡忠和福利学校的孩子们

他，帮你伴奏，我们一起去给孩子们唱歌。"

谢晓君高兴地说："这是个好主意。"

两人牵着手正要往回走，就看到几个孩子跑了过来，为首的正是那个热情好客的丹珠。

丹珠人还没有到，声音就传了过来："谢老师、胡老师。"

胡忠和谢晓君迎上前去，拉着丹珠的手问："丹珠，有事吗？"

丹珠跑得气喘吁吁："胡老师、谢老师，我找了你们好久。曹老师说晚上你们要上课，快点啊，同学们都等不及了。"

胡忠看了看手表，说："好像还没有到上课时间啊。"

丹珠使劲拉着胡忠的手说："胡老师，早点去吧，同学们都想早点上课呢。"

胡忠笑了，看着谢晓君说："好的，走吧。你们先过去，我要先去办公室拿吉他，晚上我弹吉他好不好？"

丹珠兴奋地说："太好了，胡老师，你会弹吉他啊？"

胡忠说："是啊。你们先到教室里等我吧。"

丹珠却不肯离开胡忠，对其他的孩子说："你们先回去，我陪胡老师去取吉他。"

胡忠无奈地摊了摊手，向谢晓君做了个手势，谢晓君也笑了。

其他几个孩子也叽叽喳喳地说："不，我们也要陪胡老师。"

胡忠没有办法地说："那好吧，咱们一起去吧。"

一行人离开了操场，到了学校的会议室。胡忠拿起挂在墙上的吉他，试了一试，调了一下弦。

丹珠瞪大了眼睛看着胡忠，赞叹说："胡老师，你好厉害啊。"

胡忠笑了笑，说："这有什么厉害的。"

丹珠用充满期望的眼神看着胡忠，说："胡老师，你教我弹吉他好吗？"

胡忠点头道："好啊，今后有机会我就教你。"

丹珠高兴地跳了起来："胡老师，太好了，你可不许反悔哦。来，咱们拉钩。"丹珠伸出手，与胡忠拉钩为誓。

胡忠调好了吉他，便起身说："咱们走吧。"

丹珠却鬼精灵似的转着眼珠："胡老师，上课前你要不要上厕所？"

胡忠笑了，说："好吧，上课前先去减轻一下负担，那你们先回教室等我。"

丹珠却固执地说："不，我带你去。"

胡忠有些意外："不用，我知道厕所在什么地方。"

丹珠却不依不饶地说："没关系的，胡老师，我陪你去。"

胡忠拿这个小孩子没有办法，放下手中的吉他往外面走去。不料丹珠和其他几个孩子居然都跟着他往外面走。胡忠无奈地笑了笑，却被这几个孩子的热情纯朴深深地打动了。

就这样，胡忠居然是在几个孩子的簇拥下去了厕所。然而，接下来发生的事情让胡忠感到窘迫吃惊——丹珠居然跑过来要为他整理皮带和衣服！

当胡忠和谢晓君来到教室的时候，一声"起立"，孩子们齐整整地站

了起来，大声喊道："老师好！"

胡忠和谢晓君心中一热，也大声回答："同学们晚上好！"

当孩子们重新坐下的时候，胡忠发现曹老师已经在教室里等着他们了。

曹红向同学们介绍说："同学们，这位是胡老师，这位是谢老师。"

于是孩子们又大声喊道："胡老师好！谢老师好！"

曹红又继续说："胡老师和谢老师是到我们学校参观的尊贵的客人，今天晚上的活动课就请他们给大家上，大家欢不欢迎啊？"

孩子们齐声说："欢迎！"

胡忠和谢晓君走上讲台，望着下面的100多个孩子，大声说："我和谢老师给大家唱一首歌好吗？"

孩子们又异口同声说道："好！"

胡忠拿起吉他，再次调了下琴弦，望了一下谢晓君说："那我们开始。"

谢晓君点点头。

在吉他的伴奏声中，胡忠和谢晓君共同唱起了《友谊地久天长》：

怎能忘记旧日朋友
心中能不怀想
旧日朋友岂能相忘

友谊地久天长

我们曾经终日游荡

在故乡的青山上

我们也曾历尽苦辛

到处奔波流浪

友谊万岁

万岁朋友

友谊万岁

举杯痛饮

同声歌颂

友谊地久天长

……

当胡忠和谢晓君弹着吉他演唱时，100多个学生整整齐齐地坐着，听得很认真、很安静，这是胡忠和谢晓君在以前的教学生涯中从来没有遇到过的情形。

胡忠在心中暗自赞叹，这是一群多么好的孩子，多么懂礼貌守规矩的孩子，这又是一群求知欲望多么强烈的孩子啊。

歌声结束，孩子们热烈地鼓起掌来。

胡忠看到那个叫丹珠的男孩坐在第一排，眼睛睁得大大的，用一种非常崇拜的眼光看着他们。

第五章

你来吧，我支持你！

就这样，胡忠和谢晓君在福利学校住了两天。

短短两天时间，夫妇二人了解了更多关于福利学校的情况，和这里的老师与孩子也熟悉了起来。

曹红除了上课，其他时间都陪着胡忠和谢晓君，生怕冷落了两人，这让胡忠和谢晓君感到很温暖。而丹珠和其他几个孩子则成了胡忠忠实的粉丝，一有时间便跑过来缠着他，形影不离，就连上厕所也要跟着。

短短两天，胡忠和谢晓君感觉过得非常充实和愉快。自从离开成都石室联中，胡忠觉得自己的心情还是第一次如此的好。

胡忠了解到，福利学校已经建校三年了，一共招收了甘孜州的143名孤儿和特困生，包含了藏、汉、彝、羌四个民族。建校三年来，学校采用国家统编的九年义务教育教程，实行的是汉藏双语教学。现在学校一共有四个年级，从小学一年级开始，最高的是四年级。那个叫丹珠的孩子，就在一年级。学校里的教职员工大多和程琳莉、曹红一样，是来自全国各个地区的志愿者和应聘者，他们在这里和孩子们同吃同住，把这里真正当成了自己的家。

学校旁边还有一排平房，那里就是早在1995年就建立的西康敬老院，还住着十几位老人。在那里，这些孤苦的老人结束了他们无依无靠的日子，找到了他们

孩子们在草原上

新的家，过上了温暖幸福的晚年生活。

在敬老院，福利学校的孩子们和教职员工就成了老人们的儿子、女儿、孙子、孙女。每天学校做好了饭菜，就会有专人送到老人的房间去。福利学校的老师和孩子们还每天去帮助老人打扫房间，老人们的衣服脏了，也有专人来清洗。老人们生病也不用担心，因为学校里建有医务室，医务室随时向老人们开放。

到学校的第二天还发生了一件事情，让胡忠和谢晓君记忆深刻。

这一天阳光依然灿烂，天空依然纯净湛蓝。高原的气温早晚变化很大，夜里穿着厚厚的毛衣棉衣，仍然会觉得冷；而白天当阳光直接照到身上的时候，那强烈的紫外线，又会将人的皮肤晒得生疼发烫。

大约快到中午的时候，曹红正陪着胡忠和谢晓君在学校的会议室里聊天，忽然窗外传来一阵婴儿的啼哭声，让胡忠和谢晓君觉得有些诧异。

曹红看出了他们的疑惑，便说："前不久我们在学校的门口捡到了一个女婴，她可是我们学校里年龄最小的孩子了。走，我们去看看。"

她带着胡忠和谢晓君走了出去，学校的大门前，看门人周大妈怀里抱着一个婴儿，那个婴儿不停地啼哭。周大妈轻轻地拍打着婴儿的身体，哄着她，但她还是哭闹不止。

胡忠和谢晓君走上前，看到那是一个只有几个月大的婴儿，也许是营养不良，显得特别瘦弱，小小的脸蛋似乎还没有一个巴掌大，闭着眼睛不停地啼哭。

曹红问道："周大妈，孩子怎么了？"

周大妈抬起头来，微笑着说："没事，大概饿了吧，还没有到吃午饭的时间，牛奶还没有给她煮好，你瞧，她就在这里耍脾气了。这几天她的胃口好像是越来越好了。"

曹红转过头对胡忠和谢晓君说："唉，这孩子真是可怜，这么小就没有了父母，成了孤儿。"

胡忠关切地问道："这孩子是健康的吗？"

曹红说："我们检查过了，这孩子什么都好，就是脚有点残疾。"

谢晓君凝神看着那婴儿，眼睛忽然有点湿润，开始按捺不住地想念家里八个月大的女儿。谢晓君走上前去，很自然地从周大妈的手中接过婴儿，孩子依然烦躁地哭着。

没妈的孩子真是可怜。

不知不觉，谢晓君的眼中掉下了泪水。她慈爱地用手抚摸着婴儿，忽然做出了让大家都没有想到的举动。她转过身去，解开衣襟，给孩子喂起奶来。婴儿很快停止了哭泣，安静了下来，贪婪地大口吸着乳汁。

终于到了要说再见的时候。

第三天的上午，胡忠和谢晓君告别了程琳莉和曹红等老师，要离开福利学校，启程回成都了。丹珠和那几个与胡忠已经混熟的孩子早早地就等在学校门口，来为胡忠和谢晓君送行。

虽然依然是朗朗的阳光、蓝天和白云，胡忠却吃惊地看到丹珠和那几个孩子的脸上都没有了笑容，神情也变得有些哀怨和可怜。

丹珠那明亮的大眼睛无助地望着胡忠，欲言又止。

胡忠不敢多看孩子们的眼神，匆忙地和大家告别。当他和谢晓君走出校门的时候，他听到丹珠"哇"的一声大哭了起来。

丹珠一边哭一边大声地喊道："胡老师，你一定要再来啊，你答应要教我弹吉他的。"

胡忠不敢回头，只是大声说道："丹珠，你放心，我一定会再来看你们的。"胡忠拿着行李，急匆匆地和谢晓君往前走去。

丹珠和几个孩子都哭成了泪人，他们想冲出学校的大门继续去送胡忠和谢晓君。

曹红和程琳莉拦住了孩子们，把他们领回了教室。

转眼之间，西康福利学校那一扇厚重的铁门也消失在胡忠和谢晓君的身后。但胡忠依然觉得孩子们那一双双强烈渴望的眼睛在后面紧紧地看着他，让他揪心和难过。

谢晓君默默地跟着胡忠，向前走着。她望着胡忠的背影，心里似乎明白了些什么。很长一段时间，胡忠都不敢和谢晓君对视，两人默默无语，一言不发。谢晓君非常默契地不去主动打破这种异样的沉默。

在塔公回康定的长途客车上，面对窗外依然美丽的风景，在胡忠和谢晓君的心里，却有了和刚来时完全不一样的感觉。

渐行渐远，塔公寺那鲜艳的红墙消失在身后，金碧辉煌的木雅金塔也渺不可见。只有雅拉神山在绵绵的群山之上，依然时时能让人回望。那神山如同一朵盛开的雪莲花，似乎在呼唤和挽留着胡忠和谢晓君夫妇，不愿意在他们的视线中离去。

刹那间，胡忠似乎想通了什么，呼吸因激动而急促，转过身来，紧紧地握住谢晓君的手，眼眶红着，低低地说了三个字："我想来。"

望着丈夫的眼睛，谢晓君只觉得心中一阵酸楚，忍不住落下泪来，还需要说什么？真的不需要多说。

谢晓君也紧紧握了握丈夫的手，使劲摇了两下，说："你来吧，我支持你！"

纯净得不染一丝尘埃的天空变得更加灿烂和明亮，回首望去，银光闪闪的雅拉神山再次完整地出现在他们的视线之中。

第六章

人生在这里翻开新的一页

冬去春来，转眼又到了夏天。

这是一个晴朗的夏日，胡忠独自一人背着行囊，再次登上了前往塔公的长途客车。

"塔公草原，我又来了！"

胡忠按捺不住心情的激动，在内心轻轻地呼喊，恨不得能够插翅飞翔，立刻飞到西康福利学校，因为那里有他数月来一直挂念的孩子们。

去年秋天，和妻子经历了难忘的塔公草原之旅回到成都后，胡忠觉得自己变了一个人似的，日常生活中那些烦扰已经再也不能动摇他的内心，他觉得自己这才算真正地找到了人生的方向和目标。

到塔公草原去！这个强烈的愿望支持和鼓舞着他，他渴望一种全新的生活和体验。

胡忠知道，他并不是一时冲动，更不是心血来潮，这是他人生成长过程中，从小到大内心一直渴望和想要做的事情。

胡忠还记得，很多年前，还是在重庆师范学院读书的时候，他曾经做了一个有些奇怪的梦。在梦里，他站在一片辽阔的草原上，四周环绕着山林，举目四望，仙境一般难以言说的奇妙风景将他紧紧包围。灿烂的阳光忽然将梦境照亮，漫山遍野不知道从哪里跑出来许多孩子，虽然看不清他们真切的面容，但他们都有一双渴望的眼睛和纯真热情的笑脸。孩子们跳跃着、欢呼着，围绕在他的身边，牵着他的手，唱着动听悦耳的歌，那清脆的童声回荡在山林之间，回荡在草原之上，回荡在蓝天白云之中。他和孩子们携手共舞，内心充满了欢悦，甜蜜和幸福之情久久不能散去。

这个奇异的梦境，胡忠多年来从没有忘记过，那是不是某种事关命运的神奇召唤和启示呢？

很长的时间里，胡忠并没有得到答案。但是当那一次他和谢晓君去塔公草原的福利学校，在学校操场上与那些孩子携手跳起锅庄的时候，胡忠看到了操场四周的山丘、近在咫尺的蓝天。他突然发现，那个曾经遥远的梦境，再次清晰地呈现，他似乎明白了那个梦境对他人生的含义，他似乎破译了那个梦境的密码。

其实，胡忠在上大学的时候就曾经有过到边远山区支教的想法。

大学毕业时，得知有去甘孜、阿坝、凉山等地支教的名额的时候，他当时就要去报名。但是当父亲知道了胡忠的想法之后，却坚决不同意。

可怜天下父母心，当父母的怎么舍得让孩子去那些边远落后的地方吃苦呢？从小到大，胡忠都是个孝顺的孩子，他不愿违背父母的意愿。在父母的坚持下，胡忠终于放弃了去支教的想法，毕业后便如父母所愿，进入成都的名校当老师。

时光流逝，青涩少年那些鲜艳多彩的梦想却并没有褪去明丽的色泽。现在，那个梦想在内心深处又被唤醒了。

胡忠在思绪的迷雾中清醒了起来，是去做自己想做的事情的时候了！

和谢晓君从塔公草原回成都之后，夫妇两人又多次深入交谈。谢晓君是一个纯朴善良富有爱心的女人，给予了胡忠最大的理解和支持。

大学毕业后，胡忠分配到成都十中教书，正是在那里他认识了当时也是刚刚毕业分配过来当音乐老师的谢晓君。也许是天意，他们不知不觉走到了一起。

胡忠和谢晓君两个人的家庭都非常平凡和普通，他们那时的梦想是要好好存钱，在成都买一套属于自己的房子。

为此，谢晓君工作非常努力和辛苦，教学之余还去做钢琴家教。谢晓君是音乐学院毕业的，弹得一手好钢琴，所以很多家长都希望自己的孩子能跟着谢老师学钢琴。那一段时间，谢晓君晚上去教学生弹琴，胡忠则在教室外面的路边等着她，一等就是好几个小时。

胡忠是一个安静而内心丰富的人，在等待谢晓君的那几个小时里，并不会到处闲逛，只是安静地等待，仰望天空，数数星星。

那时候他们最幸福的事就是等谢晓君教完钢琴出来，深夜里，两个人到路边的小面馆吃碗面。

让胡忠感到愧疚的是，上一次带谢晓君到塔公草原旅游，他是早有预谋的。虽然他一开始并没有讲得很明白，其实当他在报上看到那篇题为《百名孤儿盼教师》的报道时，就已经产生了去塔公草原支教的想法。

但这样的想法当时胡忠却很难对谢晓君说出口。他们两人新婚不久，女儿才八个月，仅仅是为了自己的梦想而远行，那么他作为父亲、丈夫、儿子的责任又该如何担当呢？

父亲前两年过世了，如果自己离开，只能留下母亲和外婆两人相依为命，这也是让胡忠深感歉意和牵挂的事情。

但是，让胡忠没有想到的是，当时首先被塔公草原上那一群孤儿深深感动的并不是他，而是自己的妻子谢晓君。

一切都不需要多说，妻子非常支持自己到塔公支教，她甚至主动表示胡忠先去，今后有机会她也想去为孤儿学校的孩子们做一点事。

谢晓君让胡忠放心，家里的事她会一肩承担，女儿由她照顾，两边的老人她也会代替胡忠照顾，让胡忠不再有后顾之忧。

谢晓君的解理和支持，让胡忠更加坚定了要实现自己梦想的决心。

胡忠回去后终于鼓起勇气向老母亲开了口。胡忠的母亲是一个善良朴实的女人，当胡忠说出自己的想法时，母亲流泪了。

母亲说："要是你爸爸在，他肯定不会同意的。大学毕业那一年，你就要去支教，你看你爸当时是怎么反对你的？不过，现在你爸走了，你也长大成人了，晓君又理解支持你，我又有什么话好说呢？去吧，去做自己想做的事。我和你外婆现在都还好，没有什么毛病，还能够自己照顾自己。"

胡忠也流下了泪，说："妈，我只去几年，过几年等您老了，我就回来照顾您。"

母亲说："你去，其实我并不是想不通，既然你想去，就去吧，不要再有顾虑。不过，你既然决定了，就不要随随便便放弃。"

胡忠握着母亲的手，感激地说："谢谢您，妈。"

岳父岳母那边，也由谢晓君做好了工作。

胡忠得到了家里的理解、支持，又用了几个月时间处理好手头上的事情，再没有任何牵挂了，终于又踏上了前往塔公草原的旅途。

夏天的塔公草原，另有一种让胡忠难以想象的奇异美丽。

天空似乎更蓝，蓝得发亮，与秋日的深蓝明显不同。夏天是野花盛开的季节，草地上，杜鹃、蒲公英、格桑花，色彩纷呈。

绿色的山坡绵延起伏，线条柔和曼妙，河流静静地蜿蜒在草原上，天空中巨大的云朵分外洁白耀眼。

塔公寺越来越近了，胡忠的心情变得更加热切起来。

长途客车转过一处山坡，胡忠又看到车窗外雪莲花一般盛开的雅拉神山。神山庄严肃穆，浸润在一种圣洁祥和的光晕中，发出银色的光芒，似乎是在默默地等待远方客人的归来。

全新的生活就要开始，人生就要在这里翻开新的一页。

长途客车终于在塔公寺前面的广场停了下来，胡忠迫不及待地背起行囊，跳下车，沿着街道，快步向西康福利学校走去。

塔公寺西面，西康福利学校的校门很快映入胡忠的眼帘。

胡忠惊喜地看到，十几个孩子正拥在校门后面，紧紧抓着铁门的栏杆，在那里探着脖子张望。挤在最前面的，就是那个有着一双大大的眼睛、可爱调皮的小男孩丹珠。

胡忠知道，孩子们应该是听说了他要来的消息，所以在门口等候迎接他。

他心中一热，脚下加快了速度。一阵兴奋的喧闹声响起，孩子们争先恐后地大声叫着："胡老师！胡老师来了。"

隔着铁门，丹珠的小手往前伸着，伸向胡忠。丹珠大声说着："胡老师，我就知道你一定会来看我们的。"

胡忠上前握住丹珠的手，和孩子们打招呼说："我们说好的，我当然还要来，我还要教你们弹吉他呢。"

胡老师与学生们在西康福利学校门前合影

孩子们的欢叫声引来了学校的老师们，看门人周大妈满脸笑容地拿着钥匙过来开门。

胡忠刚刚进门，热情的孩子们就将胡忠包围了起来，他的行李也早已被孩子们抢着拿了进去。

这时，学校的负责人高逸校长，主管教学的程琳莉，还有曹红和其他几位老师都一起迎了出来。两鬓已经斑白的高校长紧紧地握着胡忠的手，不断地向胡忠道着辛苦，程琳莉、曹红和其他老师拍着手欢迎着。

如此隆重热烈的场面，让胡忠无比感动。

程老师充满期待地对胡忠说："我就知道你一定会来的。你的宿舍，高校长已经帮你安排好了。"

曹老师也特别高兴，笑着上前说："胡老师旅途辛苦了，我带你去宿舍，先把行李放好，休息一下吧。"

西康福利学校的主体是一幢并不大的四层楼房，楼的左侧还有一排低矮的平房。楼房的一层和二层是男、女生宿舍，三层和四层是教职工宿舍，胡忠的宿舍在楼房的三层。二层有一间较大的房间被隔成两间教室，三层也有一间教室，楼房外面那一排低矮的平房中也有一间教室。学校100多名学生就是在这四间教室里上课的。这些建筑构成了学校老师和孩子们共同的家。

胡忠安顿了下来，从这一天起，胡忠正式成了西康福利学校这个大家庭中的一员。

第七章

第一课

第二天上午，胡忠给孩子们上了第一堂课。

高校长本来要胡忠休息两天，但胡忠坚持要立刻投入教学。学校安排胡忠从一年级教起。一年级的教室就是楼房边的那一间矮小简易的平房，胡忠负责的科目是数学和汉语。

虽然心里早有准备，但是胡忠还是没有想到，高原反应竟然会是这样的强烈。

也许是心境不同了，心中有许多的期待和计划，以及即将投入工作时轻微的紧张和焦虑，刚来的这一天晚上胡忠睡得并不好，辗转反侧之时，脑海中还不停浮现出妻子和女儿的身影。

虽然说胡忠下定了决心，但内心还是有些放不下的牵挂。早晨醒来的时候，胡忠觉得有些头痛，对着镜子照了照，眼睛有些充血。

胡忠心中不由得有些担忧：上次他和妻子一起来塔公旅游，虽然也有一些高原反应，但却没有这样强烈。

自己能行吗？身体扛得住吗？胡忠隐隐约约有些担心。

他揉着太阳穴走出楼房，穿过操场，前往教室，眼前的画面让他忽然精神一振。

塔公草原夏天的早晨，太阳热烈而明亮，空气中弥漫着高原草场特有的芬芳。环视四周，曲线柔和的山丘郁郁葱葱，野花在绿草中灿烂而顽强地生长、绽放，远处的雅拉神山依然如雪莲花一般盛放。

胡忠的内心被一种圣洁、祥和的气氛所笼罩。

上课铃声响了，胡忠走进教室。

"老师好！"孩子们整整齐齐地站了起来，清脆的童声悦耳而响亮。

胡忠满意地看着孩子们，露出微笑："同学们好，请坐！"

孩子们坐了下来，一双双眼睛始终没有离开胡忠……

胡忠清了清嗓子，说："今天我给大家上第一堂课，我们来学习《小学生守则》。"

先前的那份焦虑和担心此刻已经完全抛到了脑后。胡忠很奇怪，不知道自己怎么会这么快就适应了，精力充沛，甚至头也不痛了。

胡忠看到，那个叫丹珠的孩子，坐在教室的第一排。丹珠聪明活泼，总是抢着举手发言。

而让他有些意外的是，在一年级教室的后排，居然坐着一些比丹珠大许多的孩子。整个年级的孩子的年龄和个子参差不齐，相差很多，有像丹珠这样五六岁的孩子，还有看上去个子已经很高的十二三岁的孩子。年龄最大的，似乎应该上中学了，但是他们居然都坐在一年级的教室里。

第一堂课很顺利，当胡忠宣布下课的时候，孩子们报以热烈的掌声。胡忠刚走下讲台，丹珠便立刻过来缠住胡忠问："胡老师，你什么时候教我弹吉他啊？"

胡忠怜爱地用手摸了摸丹珠的头说："胡老师答应要教你的，一定会说话算数。可是现在你还没有吉他高呢。你现在要好好学习，过几年等你长大了，老师再教你好不好？"

丹珠机灵地转动眼睛，大声说："好的。"

胡忠又问丹珠："老师讲课你们听得懂吗？"

丹珠大声回答："听得懂，胡老师讲得真好。"

胡忠笑了笑，转过去问周围其他的几个孩子："你们呢？"

围在胡忠身边的几个孩子大声说："听得懂。"

胡忠注意到，在后排有一个看上去比丹珠大几岁的孩子却只是笑嘻嘻地望着胡忠，没有回答。

胡忠略有些诧异，走了过去，摸着那个孩子的头问："你叫什么名字？老师讲课你听得懂吗？"

那个孩子只是嘿嘿地笑了笑，眼睛却看向了丹珠。

丹珠跑了过来，说："胡老师，他叫强巴，是新来的，听不懂汉语。"

胡忠有些吃惊，问丹珠："像强巴这样听不懂汉语的同学多吗？"

丹珠回答道："我们大部分都能听懂汉语，有七八个同学是新来的，还听不懂。"

胡忠若有所思，对强巴说："是这样啊，没关系，我来教你们。明天我教你们汉语拼音，一定会让同学们都听懂的。"

中午放学的时候，程琳莉和曹红特别过来看望胡忠。

程琳莉关切地问道："胡老师，你还好吗，身体没有什么不适吧？许多人初次来高原，反应都很严重。高校长本来要你休息两天的，你却坚持今天就要上课。现在感觉怎么样啊？"

胡忠笑着回答："谢谢，我很好。说实话，昨天晚上睡得不是很好，觉得头很痛，早晨起来也还有些反应，不过这会儿已经好多了。"

曹红也上前问道："胡老师，你以前是教中学的，现在教小学生的感觉怎么样？"

胡忠憨厚地笑了笑："说实话，本来心中没有什么底，不过，现在一节课上下来，感觉效果还是可以的。"

程琳莉点点头说："一年级的孩子都很聪明，不过有新来的七八个学生，他们不太懂汉语。"

胡忠说："是啊，我也注意到这个情况了，我打算明天从汉语拼音开始教他们，从基础开始教起，会让他们听懂的。"

他念头一转，又问："我看班上还有许多年龄较大的学生，是怎么回事呢？"

曹红回答说："这里的学生情况特殊，很多人年龄虽然偏大，却从来

午餐时间

没有受过教育，所以只好让他们和丹珠这样的小弟弟在一起，从一年级学起。"

"这样啊，"胡忠点点头，"知道了，今后我会注意的。"

程琳莉又说："这些孩子其实都很纯朴，但是胡老师你也要注意，他们以前生活的环境不太好，难免会染上一些不良的习气，有时候表面上挺乖挺听话的，背地里却并不是这样。胡老师，你可不要被表象迷惑了。"

"谢谢程老师的提醒。"胡忠感激地说。

曹红说："到吃饭的时间了。胡老师，学校还有规定，每个老师都必须带着学生一起吃饭。我们老师要为学生做榜样，培养他们良好的生活习惯。你中午就带丹珠这群孩子一起吃饭吧。"

中午，学校的餐厅里，胡忠和丹珠等几个一年级的学生围坐在一起。午餐很丰盛，学校给这些孤儿们提供了较好的生活和成长条件。孩子们狼吞虎咽，吃得很香。

上午上课胡忠精神饱满，越讲越有劲，似乎已经忘记了高原反应这件事。此时放松下来，胡忠隐约又觉得有些头痛，面对丰盛的饭菜，却没什么胃口，吃得很慢。

聪明伶俐的丹珠停了下来，将自己碗里的肉片挑了出来，夹到胡忠的碗里，说："胡老师，你要多吃一点，这样给我们上课才会有力气。"

胡忠不禁笑了，觉得这个孩子真的是太可爱了。

丹珠旁边还坐着另外一个孩子，看上去和丹珠的年龄差不多，但比丹珠还小还瘦弱，有些温顺，有些害羞，不像丹珠那样活泼好动。

胡忠注意到，那个孩子只敢偷偷地看他。

胡忠明白，那孩子还是希望老师能注意到他。当那孩子又偷偷抬起眼睛的时候，胡忠对他灿烂地笑了起来。那孩子感觉到了，脸一红，赶快又埋下头继续吃饭。

过了一会，那孩子竟然也学着丹珠的样子，将自己碗里的肉片挑出来，想夹到胡忠的碗里。但这时，一件让胡忠没有想到的事情发生了：丹珠突然很粗鲁地朝那孩子的手臂猛推过去，那孩子的手一抖，肉片掉在了桌上。

胡忠非常诧异，看着丹珠说："丹珠，你这是怎么了？这样很没礼貌！"

丹珠却理直气壮地说："老师，不要吃他的东西，他很臭，每天都尿床，我们都不和他玩。"

胡忠暗暗叹了一口气，这才明白过来，原来程琳莉和曹红讲的都是真的，像丹珠这样聪明纯朴的孩子，还是有一些不好的习气。

胡忠想了一下，伸过筷子，将那孩子掉在桌上的肉片捡了起来，放在自己的碗里，扒拉着吃了下去。

丹珠和桌上其他的孩子都吃惊地看着胡忠，似乎不理解胡忠的行为。

胡忠却对那个胆怯害羞的孩子说："你叫什么名字？"那孩子似乎受到了惊吓，一脸羞愧的样子，眼睛死死盯着桌面，只是埋头吃着饭。

丹珠依然是理直气壮的样子，说："胡老师，他叫香仁，他最不听话了，每天都尿床，老师都批评他好几次了，他就是不改。胡老师，香仁夹给你的肉都掉到桌子上了，好臭，你还吃啊？"

胡忠叹了一口气道："今天我不是给你们讲解了《小学生守则》吗？第六条是怎么说的？'生活简朴，爱惜粮食，不挑吃穿，不乱花钱。'掉到桌上的饭菜，我们也不能浪费。"

胡忠的一席话竟说得孩子们有些不好意思，他们纷纷低头看着自己的桌面，然后将掉在桌上的饭粒捡起来放在自己的碗里，吃了下去。

胡忠满意地点点头。

第 八 章

远方的亲人，你们还好吗？

夜色中的塔公草原分外宁静，宁静得有一丝孤寂和清冷。

虽然是夏天，这里却和成都平原的炎热完全不同，空气清凉干净。站在学校操场旁的河谷向东面望去，一轮明月升起，犹如深蓝色海洋中的一盏航灯。

胡忠没有想到，夜色之中，依然能看到那遥远朦胧的雅拉神山，在起伏的山峦之上，或隐或现的云朵，使它显得更加神秘，更加美丽。

夜色之中，塔公寺墙头的酥油灯一排排地点燃，幽静的灯火在夜色的微风中摇曳闪耀，悄然守护着草原上安然入睡的人们。绕行塔公乡的河水默默地流动着，只是偶尔在岸边溅出的浪花发出轻微的声响，映衬着草原的空旷和幽静。

这是新的生活，新的人生，这是胡忠的选择。

在河边默默散了一会步，想了一会心事，胡忠看了看时间，回到学校的办公室里坐了下来，一边备课，一边等待。

远方的亲人，你们还好吗？

电话铃声终于响起，胡忠放下书本，迅速跑了过去，拿起话筒。

没有错，是妻子谢晓君打来的。

电话中传来谢晓君温婉的声音："你安顿下来了吗？一切都好吗？"

胡忠急切地说："我很好，这里一切都好。你们呢？女儿怎么样？"

谢晓君回答："你离家好几天了，家里一切都好。女儿也很好，很乖，她话说得越来越好了，晚上还喊爸爸呢。"

胡忠心中一动，说："没想到才几天，我就开始想女儿了。以前也不是没有离开过家，但不知道为什么，在这里特别想念你们。"

谢晓君安慰胡忠说："你放心好了，不要担心我们。昨天晚上我还去了你家一趟，给你妈妈和外婆买了蔬菜和点心，她们的身体都很好。"

胡忠微微叹口气说："真的是辛苦你了，你一个人要照顾全家。"

雪
山
并
蒂
莲

谢晓君笑了起来："没事的，其实你知道，我家里爸爸妈妈哪里需要我照顾！他们都非常宠我，你看到现在，他们还给我做饭呢！"

胡忠知道，谢晓君是她父母的掌上明珠，父母对她非常疼爱，也为这个女儿骄傲。平日里谢晓君要在家里烧饭做菜，她父母一定拦着不让她做，而是抢着自己做。

胡忠宽解道："再坚持一下，等我在这里工作顺利了，上了轨道，一定尽快抽时间回来看你们。"

谢晓君说："我一放假也会去看你的。"

胡忠又问："你这是在哪里打的电话？"

谢晓君回答说："在小区门口的公用电话亭。晚上打电话，比白天要便宜很多。"

胡忠说："好吧，我们长话短说。我从朋友的生意中退了出来，家里经济上要紧张许多，过两天我们再通电话吧。反正我告诉你，我没有来错。总的来说，这里的孩子们很可爱，他们也很需要我。"

谢晓君说："经济上你就不要担心了，咱们两家人从来都不太看重钱财。你看，我有一个还算不错的工作，而且我现在还在教学生弹钢琴，所以经济上的事情你不要考虑太多。你能够做自己喜欢的事，我觉得那就是最好的事。"

胡忠心里一热，还是忍不住说出了夫妻之间本来不应该说的客气话："晓君，真的谢谢你。"

谢晓君笑了："你怎么学会客气起来了。其实我倒是挺羡慕你，今后条件成熟，我也会过来的。"

胡忠说："你先忍耐一下吧，毕竟女儿还太小，等我在这里稳定下来，我们到时候再商量。下个星期再打电话吧，那时候我再仔细告诉你这里孩子们的情况。"

放下电话，胡忠重新坐到办公桌前，打开课本，但心中却思绪万千。

窗外，静谧的夜色像海水一样轻轻涌动，覆盖着草原上的万事万物，水银一般的月光流进窗台，而远处的雅拉神山若隐若现。一声轻轻的叹息，如坠地的露珠，消融在夜色的宁静之中。

平凡、平淡，但让人充实和饱含热情的日子就这样一天天过去，胡忠很快适应了西康福利学校的教学生活，也很快和孩子们打成了一片，得到孩子们的尊敬和喜爱。

平日里除了上课，胡忠的大部分时间就是和孩子们在一起。

那个聪明伶俐的丹珠，总是围绕在胡忠的身边。那个胆怯而不敢正眼看老师的香仁，似乎也开朗了许多，虽然还不太爱说话，但已经敢于直接望着胡忠了。他尿床的习惯，现在也已经改了许多，这是因为胡忠和孩子们住到了一起。

刚入学的学生在练操

那天晚上，二楼的男生宿舍里，丹珠和其他孩子正笑着闹着乱成一团，胡忠推门进来了。孩子们吃了一惊，安静了下来。

丹珠睁大眼睛，望着胡忠，不明就里，问道："胡老师，我们做错了什么事吗？"

胡忠笑着说："孩子们，你们没有做错事，你们做得很好。不过，从今天起，我也要住在这里。"

胡忠从背后拿出行李，是被褥和一些日常洗漱用品。

孩子们愣了一下，立刻兴奋地大叫起来，连一向显得内向忧郁的香仁，也拍着手笑得非常灿烂。孩子们闹哄哄地去拿胡忠手中的东西，要帮胡忠整理。

胡忠住到了门边双层床的上铺。

这是他经过仔细思考的一个决定。前两天，他去找了高校长和程琳莉，将他的想法跟他们仔细地说了：为了更好地关心、爱护、帮助这些孤儿，让他们养成良好的生活、学习习惯，胡忠决定不仅要和他们吃在一起，也要和他们住在一起。

高校长和程老师很支持胡忠的想法。

胡忠搬进学生寝室的这天晚上，孩子们高兴得简直就像过节一样，胡忠也特别带了糖果散发给孩子们吃。一直到了学校规定熄灯的时间，孩子们还处在兴奋之中，不肯去睡觉。

"老师搬过来和你们住，可是你们一定要听老师的话啊。"胡忠说。

孩子们齐声答应："好，我们听胡老师的话。"

"还记得《小学生守则》第四条是怎么说的吗？"胡忠问。

丹珠抢着回答："我知道，《小学生守则》第四条要求'讲究卫生，服装整洁，不随地吐痰'。"

胡忠笑了："那第七条呢？"

丹珠又抢着回答："遵守学校纪律，遵守公共秩序。"

胡忠笑得更开心了："不错，看来丹珠学得很好，长大以后一定会成为一个对国家对社会有用的人才。"

他话锋一转："可是现在快到熄灯时间了，学校的规定我们可是要遵守的，所以，大家现在应该洗漱后去睡了。不过，关了灯后我可以给大家讲个故事。"

孩子们高兴地拍着手，便胡乱地要上床睡觉。

胡忠马上说："唉，怎么搞的，刚才不是说过吗，《小学生守则》第四条要求讲究卫生。睡觉前我们要洗脸洗脚，自己的衣服要叠整齐才行啊。"

孩子们又翻身下床，忙忙乱乱地各自去洗漱。

胡忠来到香仁面前，拿起脸盆，说："香仁，来，老师帮你。"胡忠先打水帮香仁洗脸，又拿出脚盆，打上热水，将香仁抱起坐在床上，帮香仁脱下鞋袜，亲自给香仁洗脚。

丹珠在一旁似乎有些妒忌，说："老师，香仁那么大了，这种事情应该让他自己做。"

胡忠笑着说："好，今后香仁是应该学会自己洗脸洗脚。不过，香仁可是比你小啊，他是你们这里年龄最小的。《小学生守则》第八条说，要尊敬师长，团结同学。你可不要欺负香仁，要和香仁团结友爱。"

一阵忙乱之后，孩子们终于熄灯睡了下来。

胡忠给大家讲了木偶匹诺曹的故事，最后告诉孩子们，不要撒谎，要诚实，要不然会像匹诺曹那样长长鼻子的。

从那天开始，胡忠每天凌晨两点都要下床去，轻轻叫醒香仁，让他去上厕所。一直等到把迷迷糊糊的小香仁又送上床，再检查、盖好香仁和其他孩子的被子后，胡忠才放心睡下。

而每天早晨五点过，胡忠就起床，然后再喊醒孩子们，和孩子们一起做卫生；一直到寝室里干干净净、整整齐齐，胡忠才带着他们去操场跑步；跑完步，天色才刚蒙蒙亮，他再带学生们去教室早读。

香仁尿床的习惯慢慢被纠正过来，而丹珠也不再欺负香仁，不再嫌他臭了。

胡忠对一年级孩子们的教育，从拼音开始，一点点地教。从《小学生守则》开始，一句一句带他们念，让孩子们背得滚瓜烂熟。

胡忠教孩子们如何对客人说话，如何对长辈说话，如何对同学说话，怎么做才算对人有礼貌，怎么做才算一个诚实的孩子。孩子们变得越来越懂事，也越来越有礼貌。

胡忠的努力被学校领导和其他老师看在眼里，暗地里都忍不住称赞他、佩服他。

除了教汉语，胡忠还教孩子们数学。这些一年级的孩子年龄不同，天资不同，反应不一，有的聪明机灵一些，有的反应却很慢，而那几个听不懂汉语的孩子，学习起来就更加吃力。

丹珠学得很快，却粗心马虎，做作业时经常会犯一些错误。香仁似乎还没有完全把心智打开，还没有学会正确地倾听和理解，所以教他十以内的加减法都让胡忠大伤脑筋，学了几个月都过不了关。

对香仁这样的孩子，胡忠也用了最笨的办法：他在兜里揣上题卡，一有空就把香仁等几个学生找来，让他们随便抽题，做给自己看，不会的再一遍一遍地辅导。如果他们题做对了，表现特别好，胡忠就会用糖果来奖励他们。用这样的方式，香仁等人的成绩也在慢慢进步，逐渐赶上了班里其他同学的学习进度。

第九章

爱需要理解

和孩子们在一起，日子似乎过得特别快。

从夏天到秋天，季节改变了塔公草原的风景，翠绿的草原慢慢露出了一些浅黄的颜色，遍地丛生的野花逐渐开始枯萎，但还是有一些枝条柔弱的格桑花，仍然在秋日里顽强地绽放着最后的灿烂。

天气慢慢转凉，胡忠没有想到，9月就迎来了塔公草原的第一场雪。

雪静静地下了一夜，第二天雪停了，西康福利学校四周竟然都是白茫茫的一片。

天色放晴了，昨天还是灰蒙蒙的天空，现在呈现出广阔无边的湛蓝。

"好几年都没有在秋天下过这么大的雪了。"课间活动的时候，曹老师对胡忠说。

孩子们奔向操场外的草地，笑着闹着，打起了雪仗。丹珠和香仁拖着胡忠，也加入了他们的游戏。

高原的雪格外纯粹晶莹，四周银装素裹，连绵起伏的草地像铺上了一张白色的地毯，河水闪耀着银光，远处的雅拉神山在阳光的照耀下显得圣洁而肃穆。

在铺满白雪的草原上行走，身后留下一串清晰的脚印。

短短几个月的时间，胡忠已经完全适应了这里的工作和生活，融入了西康福利学校这个大家庭，用自己的方式赢得了孩子们的尊敬和喜爱。

这秋日的第一场雪，带给孩子们喜悦和兴奋，却给胡忠带来了很多的思考，让他看到了这些孤儿身上潜藏的野性和不羁，体会到了高原上孩子教育的特殊性。

就在丹珠和香仁在雪地里忘乎所以地笑闹着打雪仗的时候，一阵吵嚷声却从操场那边传来。不知道什么原因，有两个十二三岁的大孩子在雪地上扭打了起来，激烈的打斗让那些年龄小的孩子们都惊呆了。

丹珠跑过来向胡忠报告："胡老师，强巴和罗布打架了。"

胡忠迅速冲了过去，拉开那两个孩子。

强巴退开了，但那个叫罗布的孩子却不依不饶，瞪大眼睛，眼里发出仇恨的怒火，试图要挣脱胡忠，继续冲向强巴。

胡忠铁青了脸，提高声调大声喊道："罗布，你要干什么？"

罗布依然挣扎着要摆脱胡忠。

胡忠没有想到这孩子的蛮劲这样大，火气也上来了，猛地一推，罗布一个趔趄，摔倒在雪地上。

罗布终于安静下来，慢慢翻身坐了起来，通红的眼睛里充满野性和愤怒。忽然之间，罗布崩溃了，伤心地哭了起来，哀号着像一匹受伤的幼狼。

在操场上看雪景的曹红和程琳莉也赶了过来，将罗布拉回教室。

事情发生得这样突然，让人意想不到，胡忠在激动中慢慢平息下来，但身体还是忍不住微微颤抖。

校园里自由活动的孩子们

强巴站在旁边，低着头，脸上露出愧疚的神色，不敢用眼睛去看胡忠。

胡忠努力让自己平静，走过去问强巴："强巴，你和罗布为什么会打架？"

强巴却低着头不吭声。

丹珠走上前来，悄声对胡忠说："胡老师，强巴和罗布本来在闹着玩，但罗布突然就翻脸了。"

胡忠不解地问："闹着玩怎么会翻脸呢？"

丹珠看着丢在雪地上的一条树枝说："强巴用树枝假装是鞭子去抽打罗布，罗布就翻脸了。"

胡忠说："强巴，你们怎么能打架呢？老师平时是怎么教育你们的，在学校里你们都是兄弟姐妹啊，大家应该互相关心互相爱护才是，怎么能打架呢？"

强巴依旧低着头不说话。

胡忠叹口气望着丹珠说："丹珠，你记得《小学生守则》第八条是怎么说的吗？"

丹珠大声回答："尊敬师长，团结同学，对人有礼貌，不骂人，不打架。"

胡忠点点头说："好吧，强巴，你回去好好反省反省。大家都回教室里，拿出作业本，把《小学生守则》再抄写一遍。"

胡忠安顿好操场上的孩子，赶回了办公室。

曹红和程琳莉正在那里说着话，好像在谈论什么问题。

胡忠走上前问道："程老师、曹老师，罗布呢？"

程琳莉道："我和曹老师已经把他送回宿舍休息了。"

胡忠的内心依然不能平静，紧紧地攥着拳头说："罗布到底是怎么回事呢？我看他平日里表现都还好，还挺听话的。今天他是怎么了？发了疯似的，还和同学打架，我要好好批评批评他。"

程琳莉微微叹口气说："胡老师，你刚来，不知道罗布的身世。"

胡忠一惊，问："程老师，有什么隐情吗？"

曹红接过话头说："胡老师，这里的孩子看上去都很乖、很听话、很温顺，其实他们的内心都受过很多创伤。"

"是啊，其实罗布的身世非常可怜。"程琳莉点点头说："他失去父母之后，无家可归，只能寄宿在亲戚家，而那个亲戚对他很不好，一直虐待他，把他当成奴仆来使用。在亲戚家里，不仅有无数的杂务要做，还要上山去放羊。稍微有一些不如意，亲戚就会用皮鞭毒打罗布。有一次罗布放羊，将羊在山里弄丢了，亲戚就用皮鞭抽他，不让他吃饭，还将他赶出家门，让他深夜到山里去找丢失的羊。到现在，罗布的腿上还有一条深深的鞭痕。"

听了曹红和程琳莉的话，胡忠不由得一阵揪心，似乎明白了过来，说："强巴和罗布闹着玩，强巴用树枝假装去抽打罗布，罗布就翻了脸，罗布一定是受了刺激。"

曹红点点头说："一定是这样的。罗布和同学打架，这当然是他的不对，不过这孩子也真是可怜。"

胡忠眼睛有点润湿了，说："我知道了，晚上我会找罗布好好谈谈。"

然而，让胡忠想不到的事情发生了。吃晚饭的时候，胡忠发现罗布并没有出现在学校的餐厅，急忙跑到二楼的男生宿舍，也没有看到罗布的身影。

胡忠连忙将这个消息告诉了程琳莉和曹红，大家分头将学校找了个遍，罗布却像人间蒸发了一样，在学校里消失了。

"罗布一定是因为受了委屈，偷偷跑出了学校。"曹红猜测说。

罗布会跑到哪里去呢？他可是一个无家可归的孤儿。

胡忠和学校的老师们顾不上吃饭，分头去找罗布。但小小的塔公镇里，依然没有罗布的踪影。胡忠借了一辆摩托车，开上了公路，焦急地四处寻找。

夜色很快就降临了，凉意袭上了胡忠的胸口，他的心像掉进了冰窟。

胡忠又是担心又是内疚，为什么要等到晚上才去找罗布谈呢，为什么不能下午就去呢？他觉得是自己的疏忽才造成了这样的后果。

回想自己到西康福利学校的这几个月，胡忠觉得自己真的是大意了。本来他还觉得自己很尽心很努力也做得挺好：为了得到孩子们的喜爱，和他们吃住在一起，打成一片；使出浑身解数，和孩子们一起做游戏，给他们当足球教练，带他们爬山旅游，教他们唱歌，给他们讲童话故事，还买糖给他们吃……

孩子们确实都很喜欢他，包括强巴和罗布。他们平时看上去都很听他的话，都很爱戴他，但他却在孩子们的爱戴中

大意了起来，才出现了这样的事。

胡忠心里想，来这里教书应该是一件严肃而科学的事情，不是浪漫与温馨的旅行，他意识到对孩子们不仅需要爱、关怀和温暖，还需要严格的正面引导，特别是对那些孤儿，这点尤为重要。

夜色中公路两边的草丘山，被白雪覆盖，幽然闪动着银色的亮光。举目四望，哪里有罗布的身影和踪迹？

胡忠一边开着摩托车，一边高声喊道："罗布，罗布，你在哪里？"

沿着公路找了很远很远，胡忠不得不掉头，重新寻找。

几个小时过去了，还是没有罗布的踪影。

胡忠带着深深的焦虑和自责，返回塔公镇。夜色中，塔公寺墙头的酥油灯已经点亮，似有若无的青烟在塔公寺上空飘动着。胡忠来到塔公寺的大门前，向看门人询问有没有看见过一个十二三岁的男孩子。

看门人说，下午的时候，看到过一个十二三岁的男孩在寺外的山脚下游荡。

看门人的话让胡忠心中又燃起了希望。胡忠想了一下，放下摩托车，向塔公寺后面的草丘山走去。

终于，胡忠发现通往山里的雪地上有一些凌乱的脚印。胡忠沿着那些脚印飞奔，不一会儿就登上了山顶。

草丘山的那边，一处凹陷的山崖下，胡忠看到罗布蜷缩着身体，一动不动地坐在那里。胡忠心头一热，大声喊道："罗布，老师在这里。"他跑上前，将罗布紧紧地抱在怀里。

已经在那里坐着睡着了的罗布睁开眼睛，看着胡忠。

此刻的罗布，眼睛里已经没有了下午打架时幼狼一般的野性和仇恨，有的只是无助、哀怨和期盼。

第十章

塔公草原，我还会来的！

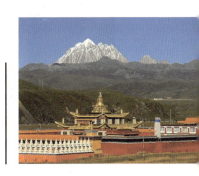

秋天的第一场雪化得很快，野草依然顽强地生长着，草原上，阳光温暖而明亮。

西康福利学校一场小小的风波就这样过去了，孩子们的脸上又恢复了灿烂的笑容。

罗布回来了，胡忠并没有严厉地批评他，但罗布却主动向老师承认了错误，向强巴道了歉。

不久之后，胡忠开始给孩子们上思想品德课。打架风波后，他决定在思想品德课上给孩子们带来更多的正面教育，教孩子们努力成为一个好人，成为对社会真正有用的人。

什么才是好人？孩子们的概念比较模糊。

胡忠便从报纸上找出大量具有代表性的好人好事讲给孩子们听，又做成简报带着他们一起学习。胡忠告诉他们成为好人的条件——要爱自己的祖国和人民，要爱自己的民族和家乡，要知恩图报，要有爱心和责任心。

胡忠在课堂上勉励孩子们，并对他们说自己也要努力成为一个好人，请孩子们监督他，因为老师不仅是他们的朋友，是他们的阿爸，还应该在品德和行为上成为他们的楷模。

"如果我有什么做得不好不够的地方，请你们指出来，我一定会改正。"胡忠对孩子们做出了这样的承诺。

连续几场大雪过后，塔公草原进入了最寒冷的日子。只有中午，阳光还是明亮和温暖的。

草地变得枯黄，草叶上的露水已经化成了冰珠，河滩的浅水处已结冰，夜里的温度已经降到了零下十几摄氏度。

这时的塔公草原全无游人踪迹，更加静谧，显出一种原始的风貌来。

远处的雅拉神山，银装素裹，显得更加圣洁。

虽然早有思想准备，但胡忠还是有些不适应。寒冷的日子里，棉衣冻得发硬，连棉衣包裹下贴身的内衣也是凉凉的。胡忠的手脚都生了冻疮，但是他的内心却依然充满了热情。不管是多么寒冷的天气，他都会早早地起来，带着孩子们到操场上跑操。

教室是平房，里面异常寒冷，胡忠会仔细地将窗户的缝隙用纸糊上，缝隙大的地方还会找木板堵住。

胡忠在生活细节上关心着孩子们，尽可能地为他们多做一点事：为了让孩子们在冬天里也能洗上热水澡，胡忠学会了烧锅炉；为了让洗澡水温度均匀，每一次他都要爬到蓄水罐的上面，用木棒将热水搅匀；当孩子们洗澡的时候，胡忠会耐心地守在锅炉旁边，为水罐补水，一坐就是一两个小时，直到孩子们都洗完澡。

户外活动课

像丹珠这样的孩子年龄太小，还不会自己洗衣服，胡忠就会将这些孩子们的衣服拿来，认真地洗干净，有时候一忙就是一天。

学校的所有义务劳动，胡忠都抢着去干。下水道不通，他也会带头去掏，甚至还会伸手到便坑里将管道弄通。晚上，孩子们都睡了，胡忠还会到校园的四周去检查，看看有无安全问题，然后才回去休息。

忙碌的日子里，胡忠唯一放不下的，就是远方的亲人。

谢晓君还是会在深夜电话费便宜的时候给胡忠打电话。谢晓君也总是要胡忠放心，说家里一切都好，女儿一天天长大，也变得更乖更可爱。

而胡忠则是滔滔不绝地和谢晓君谈起学校和学校的孩子们。

谢晓君对胡忠说，等到放寒假，她就会到塔公草原来看望他，看望那些可爱的孩子。

相隔千里，遥寄相思，胡忠和谢晓君觉得两人的心是相通相连的。

寒假终于到了，谢晓君急切地踏上旅程，奔赴塔公草原。

女儿虽然已经长大了一点，但谢晓君还是将女儿交给了母亲照看。

临行前，谢晓君的母亲叹着气对她讲："别人教书还有寒暑假，你丈夫在孤儿学校，放了假也不能回成都，还要在那里照顾孤儿，你们俩长期这样下去也不是事啊。你这次去，还是要和他商量一下，想一个办法，不行还是回来吧，一家人在成都过，这才对嘛。"

听着母亲的话，谢晓君轻轻地点着头，没有办法回答母亲，因为她心里知道，胡忠短时间内是不会回来的。

谢晓君去过塔公草原，知道那里的孩子们需要胡忠。每一次夜里她在公用电话亭给丈夫打电话，胡忠总是在讲那里的孩子们。甚至连谢晓君自己心里都产生了去塔公草原帮助孩子们的念头，她又怎么可能去劝说胡忠回来呢？

谢晓君很爱丈夫，也很依赖丈夫，也希望丈夫能在身边，陪着自己，照顾自己，让自己有个依靠。给丈夫打电话的时候，多少次她都想说："回来吧！"但这句话却怎么也说不出口。她理解丈夫，所以也支持丈夫。如果不是因为女儿才一岁多，还需要母亲的照顾，也许在一开始她就会选择和胡忠一起去塔公的。

一路上，谢晓君急切地期待着。

当长途客车缓慢地在折多山的盘山公路上爬行的时候，她恨不得能插上翅膀，一下子就飞到丈夫的身边。

汽车终于翻过折多山垭口，谢晓君知道塔公草原就要到了。

与第一次来到塔公的感受不同，荒凉空旷的冬日风光，让谢晓君明白了这里自然条件的严酷和艰苦。

冬日高原的风很大、很冷，起伏绵延的草原上，草叶已经枯黄，压抑而缺少生机。

即使是这样，在谢晓君的眼里，这样的景致依然使她激动。

天空变成了深蓝，皑皑白雪使雅拉神山显得更加生动和肃穆，牦牛们依然悠闲地啃着草地上枯黄的干草，河滩和浅水处结着厚厚的冰，炊烟从牧民们的帐篷中升起，人们在严寒的自然环境中依然顽强地生存着。

塔公镇终于到了。

木雅金塔依然金碧辉煌，给阴冷的草原冬天凭空增添了一抹亮色。

谢晓君早早地就看到了在塔公寺广场上等待的丈夫胡忠，他正穿着棉大衣来回地踱步，伸出手在嘴边呵气，让冰冷的双手增加一点热度。

谢晓君从车窗里伸出手，大声招呼胡忠。

胡忠也看到了谢晓君，露出兴奋的笑容，急切地迎了上去。

长途客车停了下来，谢晓君下了车，胡忠接过了谢晓君手中的行李，忍不住给了妻子一个拥抱。

"真冷啊。"虽然谢晓君早已做好了准备，穿上了厚厚的棉衣，但还是阻隔不了空气中那刺骨的寒气。她拉着丈夫的手，心里却是无比的温暖。

谢晓君笑着问："你等了多久？"

胡忠憨厚地笑着："一大早就来了，有两三个小时了吧。"

"这么冷的天气，等这么久，你不能算好时间再过来吗？"谢晓君心痛地说。

谢晓君仔细地看着胡忠。虽然只有几个月的时间，胡忠脸上的皮肤似乎变得粗糙了许多，脸颊上也泛出了一些高原红。

谢晓君忍不住伸出手抚摸着胡忠的脸，说："你在这里受苦了。"

胡忠笑着摇摇头："不，我不是在电话里告诉你了吗，我在这里过得很幸福。"

谢晓君点点头："要不是孩子还小，我也想现在过来，和你一起做同样的事。"

说到了女儿，胡忠眼里放出了光芒："女儿怎么样？我真的好想她。"

谢晓君骄傲地说："女儿可乖了，现在会说许多话了，还会拿着你的照片喊爸爸。"

胡忠低下头："其实我知道的，女儿也很需要我，可是，这里有这么多孩子……"

"我知道，我明白，其实越是节假日，孩子们越需要老师。"谢晓君点点头说。

胡忠拉着谢晓君的手说："走吧，我已经告诉孩子们你要来了，他们高兴得很。"

穿过塔公镇短短的街道，西康福利学校的大门已经进入了谢晓君的视线。她惊喜地发现，学校的铁栅门后面，挤着一大群笑着闹着的孩子。

孩子们已经看到了胡忠和谢晓君，挤在最前面的当然就是丹珠。

丹珠大声喊道："胡老师，谢老师。"其他的孩子也跟着七嘴八舌地喊了起来。

看着孩子们热情的笑容、纯真的眼神，长途旅行的疲倦都消失了。

进了学校的大门，孩子们抢着接过胡忠和谢晓君手中的行李，簇拥着他们，笑着叫着，往学校里走去。

谢晓君拿出早已准备好的糖果，分给了孩子们。孩子们非常高兴，礼貌地说着谢谢，谢晓君忽然觉得这里似乎才是自己真正的家。

整个寒假，谢晓君都待在西康福利学校，陪着丈夫，陪着孩子们，还自告奋勇地给孩子们上起了音乐课。

天气好的时候，谢晓君就带着孩子们在操场上排练自己编的舞蹈《北京的金山上》。

能歌善舞是藏区孩子们特有的天赋，但是孩子们这样正规地排演文艺节目还是第一次。

谢晓君发现孩子们学得很努力、很认真，也学得很快。随着谢晓君喊出的节拍，孩子们的动作整齐划一，每一个动作都学得一丝不苟。当谢晓君伸出手做出一个舞蹈动作的时候，她看到100多个孩子整整齐齐地做着同样的动作，心里真是有着一种特别的感动。

"到塔公草原来！"一个执着的声音在她的心头响起。

和孩子们相处的时间越长，感情越是深厚，内心的那个声音便会越强烈。

在给孩子们上音乐课、教他们唱歌的时候，谢晓君发现一个七八岁的女孩子，声音特别好，特别有潜质。在一大群孩子的合唱声中，谢晓君总是能清晰分辨出她的声音。

谢晓君打听了一下，那个女孩子叫白玛，不太喜欢说话，平时总是独来独往，给人的感觉是害羞和孤僻。胡忠告诉谢晓君，白玛从小就没有见过父亲，母亲后来又生病去世了，她来学校之前是跟着爷爷一起生活的。

谢晓君不由得叹息，这些孩子真的是各有各的不幸，各有各的伤心故事。也许正是因为内心的创伤，才造成了他们性格上的一些缺陷。

白玛平时对人很冷淡，但在上音乐课的时候，却显得特别有激情。当白玛一唱起歌来的时候，就像变了一个人一样，精神焕发，朝气蓬勃。这是一个很有音乐天赋的女孩，如果能有老师好好指导她，今后一定能将自己的天赋和才华展现出来。

谢晓君开始有意识地接近白玛，关心白玛的学习生活，在上音乐课时，经常让白玛领唱。

没过多久，白玛就开始依恋谢晓君了。白玛的话虽然还是不多，不善于表达内心对谢晓君的感激之情，但谢晓君却能感觉到，白玛特别愿意接近她。当有别的同学来和她讲话的时候，白玛也会偷偷凑过来。

有一次谢晓君问白玛："你喜欢唱歌吗？"

白玛咬着嘴唇点了点头，说："喜欢。"

"你长大了想当歌唱家吗？"谢晓君又问。

白玛却摇摇头。

谢晓君有一点奇怪："你为什么摇头呢，难道你不想当歌唱家吗？"

白玛迟疑了一会儿说："那是不可能的。"

谢晓君明白了白玛内心的自卑，于是握住了白玛的手，说："努力就有希望啊。"

白玛怯生生地问道："谢老师，你教我好吗？"

"好啊。只要你肯学，我教你。"谢晓君温柔地点点头说。

白玛又迟疑着："谢老师，他们说你过了寒假就会回去的。"

谢晓君心中一动："你放心，我还会来的。即使我暂时离开，今后也还是会回来教你们的。"

白玛的神色变得轻松了些，嘴角露出了纯真的笑意。

寒假很快就过去了，谢晓君不得不再次与胡忠和孩子们道别。

背着行囊独自踏上回程之时，谢晓君的心情沉重而压抑，脑海中浮现的全都是孩子们灿烂的笑容和纯净的眼神，还有丈夫胡忠对她留恋不舍的神色。

"塔公草原，我还会来的！"谢晓君暗自在心中发誓。

第

十

章

第十一章
欢乐和幸福的日子有很多很多

身着校服的孩子

寒冷的日子过后，便是温暖而可爱的春天。

天空慢慢变得更加高远和明朗，亮丽的蓝天更加透明和纯净。阳光和煦而温柔，给人们带来浓浓的暖意。

西康福利学校操场边的河滩，成了观赏草原景色的好地方。

四周的美景令人心旷神怡。河滩这边的草地没有放牧的牛羊，所以长得尤其茂盛。星星点点的野花，向上挺着柔弱的枝茎，欢快地盛开着。微风吹动的时候，花枝摇曳，像精灵一般轻盈起舞。

春天到了，孩子在成长着，胡忠和其他老师也倍感欣慰和喜悦。

聪明伶俐的丹珠少了一些调皮，学习成绩也变得好了，进步特别明显。

小香仁也不再尿床了，不再每天抱着臭烘烘的棉被去晾晒，也不再受到同学们的嘲笑。

不懂汉语的强巴学会了汉语拼音，而且也渐渐能听懂老师讲课了。

倔强的罗布身上的野性也消失了很多，和强巴早就和好了，和同学们也很友爱，不会再一言不合便拔拳相向。当然也不会再逃跑出学校，让老师四处去找寻他了。

胡忠和孩子们的关系变得更加融洽，他更加受到孩子们的爱戴。对脚下的这片土地，胡忠也有了更多的认识，更深刻的理解。

阳光灿烂的日子里，孩子们便会吵闹着要胡忠带他们到外面山上远足、春游、耍坝子。孩子们的天性就是喜爱自然、亲近自然，在大自然的怀抱中，他们的胸怀也变得坦荡广阔，内心那些隐痛的伤痕，也在悄然愈合。

这一天是野外活动的日子，胡忠背着吉他，和孩子们来到学校附近一处平坦的山坡，踏青郊游。

孩子们不知疲倦地在草坡上追逐嬉闹着。

胡忠则坐在阳光下，饶有兴趣地看着孩子们做游戏。

与男孩子好动的天性不同，女孩子要安静许多。那个有着一副好嗓子的白玛，和其他几个女同学，围坐在胡忠的旁边，拿着胡忠的吉他，拨弄着、研究着，只是她们瘦小的手拨动琴弦时还有些吃力。

白玛突然问胡忠："胡老师，你也会唱歌，你教我唱歌好不好？"

胡忠笑了，说："白玛，和你相比，我唱歌可是差远了。我不是学音乐的，我怎么能教你呢？"

白玛期盼地看着胡忠："胡老师，你弹吉他唱歌也很好听啊。"

胡忠摇摇头说："那只是我的业余爱好，一点也不专业。白玛，你有一副好嗓子，要有专业的老师教你才行。"

白玛转过头，沉默了一会，眼睛看向了远处，然后幽幽地问："谢老师还会回来吗？她还会来教我们唱歌吗？"

胡忠想起了远在成都的亲人，不知道他们现在怎么样了？他们也在享受这春日里的灿烂阳光吗？远方的亲人，永远是游子心中的隐痛。

春日的阳光之下，胡忠忽然感受到了一种伤感的情绪。他接过吉他，深情地唱起了《红河谷》：

人们说，你就要离开村庄
我们将怀念你的微笑
你的眼睛比太阳更明亮
照耀在我们的心上

走过来坐在我的身旁
不要离别得这样匆忙

要记住红河谷你的故乡
还有那热爱你的姑娘
……
人们说，你就要离开村庄
要离开热爱你的姑娘
为什么不让她和你同去
为什么把她留在村庄
……

一首歌唱完，歌声和吉他声似乎还在草原上久久回旋。胡忠沉浸在歌声的意境中，心情久久不能平静。

白玛和其他孩子一起热烈地鼓着掌。

胡忠看着白玛说："白玛，你放心，谢老师一定会来的。夏天的时候她就会来，她还会教你唱歌。"

白玛充满期待地点点头，说："我一定会好好跟谢老师学唱歌。"

孩子们闹着要胡忠再唱一首歌。

白玛的一番话却勾起了胡忠的心思，触动了他的内心。为了掩饰这种内心的不安，他站了起来，对孩子们说："来，我们来看看，草地上长着这么多野花，你们能叫出它们的名字吗？"

在胡忠的带领下，孩子们散开了，在草地上寻找各式各样的小野花。

最先被孩子们认出来的是春季里最常见的报春花，是有着六瓣金黄色泽花瓣的小花，又有孩子找到了太阳菊和蒲公英。

雪
山
并
蒂
莲

白玛高兴地指着一团白色、毛茸茸的花，欢快地笑着，对胡忠说："胡老师，快来看，这是羊羔花。"

胡忠走了过去，仔细观看，那是散布在绿草中的一种短棒状植物，花蕊呈白色，圆圆的，有一种毛茸茸的质感。胡忠问："这就是羊羔花吗？我怎么没有听说过。"

白玛兴奋地说道："以前我听老奶奶说过，草地上母羊生下小羊的地方，就会开出这样的花朵，像羊羔尾巴一般，就叫做羊羔花。"

胡忠仔细看着，觉得真的有点像，仿佛是一只只羊羔的小尾巴，在绿草中昂首挺胸地生长，显得质朴可爱。

白玛继续说道："羊儿们最喜欢吃羊羔花了，吃了羊羔花的羊群长得特别好。"

胡忠听着，称赞白玛说："白玛，关于草原上的知识，你比我这个老师都懂得多啊。"

格桑花是长在塔公草原上最普通的花朵，柔细的枝干，小瓣的花朵，看上去弱不禁风的样子，可是它们的生命力却十分顽强。狂风越吹，它越坚挺；烈日越晒，它越鲜艳；暴雨越大，它越茂盛。

草原上许多不知名的野花其实都被藏民们叫做格桑花。随着季节的变换和移转，格桑花也会有不同的颜色，白色、红色、黄色、粉色等等，将草原装点得如同穿上了节日的盛装。

过了一会，胡忠听到白玛又兴奋地叫了起来："你们看，我找到了八瓣的格桑花了。"

据说格桑花通常只有五六瓣，能找到八瓣的格桑花是一件难得的事情，喻示着这个人能交上好运。

白玛兴奋地摘了一朵八瓣的格桑花，跑到胡忠的面前，递给胡忠看。

胡忠对白玛说："谢谢白玛，我相信，在我们学校这个大家庭里，我们一定都会幸福。"

这是一个周末，晚饭过后是孩子们看电视的时间，孩子们早就急不可待，挤到了大教室里，这是他们一周中最快乐的时刻。孩子们内心简单、性格直爽，看电视看到高兴的时候，会情不自禁地鼓掌、喝彩。

到西康学校之后，胡忠几乎每一个周末都要陪孩子们看电视。他会事先为孩子们挑选好看、好玩并且健康的节目，必要时还会为孩子们讲解，不仅讲解节目的背景知识，而且还要讲解需要孩子们思考的内容。白天胡忠就会在学校的教学楼前，把当天的节目做成简单的广告贴出去，以引起孩子们的兴趣。

现在，孩子们在大教室里叽叽喳喳地笑着说着，等待胡忠来给他们开电视。当胡忠走进教室的时候，孩子们热烈地鼓掌欢迎，他们已经主动将最好的位置留给胡忠。

丹珠、香仁几个小家伙最黏胡忠，每次都紧紧地围在胡忠的身边坐

孩子们在藏戏表演后合影

着，和胡老师一起看电视，已经成了孩子们的习惯。有两次胡忠因为学校开会没有来，孩子们看不下去，丹珠和几个孩子竟然还跑到办公室里去找胡忠。

进了教室，胡忠向孩子们问好，然后开始调试电视。调好以后，胡忠坐了下来，孩子们也安静了下来。

今天电视里放的是动画片《猪八戒吃西瓜》。

随着情节的展开，孩子们一会安静，一会又发出惊呼，一会笑得前仰后合。电视中途放广告的时候，胡忠站了起来，这也是孩子们最期待的时候，因为他们知道，在这个时间里，胡老师都会给他们准备特别的惊喜，那就是发糖。

到塔公草原支教，胡忠每个月只有300元的工资，但他还是拿出钱来，买些糖果在看电视的时候发给孩子们吃。

这一天，胡忠将早已准备好的一个大包拿了出来，包里装的是比往常还要多的糖果，一些眼快的孩子先看到，兴奋地尖叫起来。

丹珠好奇地问道："胡老师，今天有什么好事啊？怎么会有这么多的糖？"

胡忠笑了，对同学们说："因为大家表现得都很好，这学期我被学校评为'爱心园丁'，学校发给我300元的奖金，我全部都买了糖果奖励给你们。"

胡忠说完之后，孩子们再次热烈地鼓起掌来。

在西康福利学校，欢乐和幸福的日子有很多很多。

接下去，"六一国际儿童节"就要到了，胡忠从程琳莉和曹红那里得知，这一天是西康福利学校所有孩子的生日。这是学校定下的规矩，雷打不动，而且每年都要举行盛大的庆祝活动。孩子们每一年都早早就盼望着这一天。

学校为什么要将儿童节定为孩子们共同的生日呢?

那是因为在学校刚刚创办的时候,有一天老师为一个过生日的孩子组织了一个庆祝活动,然而在整个活动期间,有一个孩子就是不肯参加,躲在寝室里偷偷哭泣。在老师的追问之下,大家才明白了事情的原因。原来这个孤儿并不知道自己的生日是哪一天,看到别的同学在过生日,不由得感伤身世,难以控制激动的情绪。

这件事情促使老师们开始调查学校里孩子们的情况。一调查,大家才吃惊地发现,原来学校的孤儿们大多数都不知道自己的生日是哪一天。从此之后,学校就定下了这个规矩,将6月1日作为孩子们共同的生日。

这一天,胡忠和老师们一大早就开始忙碌起来。

平时吃饭的餐厅经过盛装打扮,红色的庆典标语在餐厅的小舞台上空悬挂着,五颜六色的彩纸彩花点缀在墙壁的四周,彩色的气球在餐厅上空微微飘动,小舞台前面的桌子上已经准备好了大蛋糕,蛋糕上整齐地插着蜡烛。

在孩子们急切的期盼中,激动人心的那一刻到来了。音乐响起,欢快的歌声在餐厅中回荡。

孩子们拥入餐厅,老师们笑着鼓掌,每个孩子都得到一个小蛋糕,每个小蛋糕上面也都有一支蜡烛。

庆典开始,首先是高校长给孩子们讲话。

高校长回顾了这几年学校走过的历程,肯定和赞扬了孩子们的成长和进步。接下来,所有蛋糕上的蜡烛都被点燃,丹珠、白玛等几个学生代表走上小舞台,生日歌的音乐响起,孩子们一起唱了起来:

"祝你生日快乐,祝你生日快乐……"

在歌声中,老师们将餐厅的灯光一齐熄灭。

主持仪式的胡忠，在歌声中轻轻对孩子们说："亲爱的孩子们，现在让我们双手合十，默默地许下你们最美好的愿望吧。"

歌声停了下来，接下来是一阵感人的静默，每一个孩子都在心中许下了自己美好的愿望。

孩子们手中点燃的蜡烛似乎已经照亮了他们心中最脆弱的地方，点点的烛光犹如夜空中闪耀的星星，祝福孩子们都会有一个美好的未来。

看着孩子们幸福和灿烂的笑容，胡忠不知不觉流出了眼泪，他知道，对于自己的选择，绝不会后悔。

孩子们参加儿童节表演

第十二章

母亲的眼泪

夏天又一次如约而至。

雅拉神山依然静静地矗立着，默默地守候和祝福着这里的人们。

刚刚放暑假，谢晓君便迫不及待地奔赴塔公草原。

与以往不同的是，这一次西康福利学校还迎来了一位小客人，就是胡忠和谢晓君的女儿胡文吉。这位可爱的小客人一到来，立刻受到了西康福利学校孩子们的欢迎。胡文吉在这里成了一个小明星，大家争先恐后要去抱胡文吉，要带她玩，还教她说藏语。

已经能够摇摇摆摆走路的小文吉非常适应这里的环境，她似乎能够感受到周围人们对她的喜爱和善意。胡文吉很快就学会了"扎西德勒"这句藏语。她也成了老师和同学们的开心果，只要有胡文吉在，四周就会笑声不断。

已经很久没有见到孩子的胡忠，看着可爱的女儿，更是笑得合不拢嘴。

看到女儿健康成长，胡忠终于放心了，在心底深深地感激着妻子在他身后默默的奉献。妻子一个人在成都，除了上班，还要抚养小孩、照顾老人，这确实不是一件容易的事情。作为丈夫和父亲、作为儿子，胡忠觉得自己都没有尽到责任，在内心深深愧疚着。

谢晓君的再次到来，孩子里最高兴的是白玛。从谢晓君到福利学校的第一天开始，只要一有时间，白玛就会缠在她的身边。

谢晓君曾经点亮了白玛心中的音乐梦想，而谢晓君的再次到来，让白玛觉得她心中那个遥远的梦想似乎已经变得清晰而可以触摸。

整个暑假里，谢晓君都在教孩子们唱歌、跳舞。

胡忠告诉谢晓君，上次由她编排并教孩子们跳的舞蹈《北京的金山上》在州里得了奖，她的辛勤劳动并没有白费。

103

雪山并蒂莲

谢晓君欣慰而激动，她知道自己也爱上了这片土地，爱上了这里的孩子们。

从上一次离开塔公之后，她虽然人在成都，但心却留在了这里。谢晓君知道她不能再耽搁再犹豫了，她必须做出选择。

这一天的下午，夫妇二人在学校操场边的草地上散步，女儿胡文吉则被丹珠、香仁几个孩子带着在操场上玩耍。

谢晓君终于和胡忠说出了心中酝酿多时的想法。

谢晓君看着蹒跚摇摆着在操场上小跑的女儿对胡忠说："女儿好像很能适应这里的环境啊。来这里之前我还担心，女儿会不会有什么身体上的不适。"

胡忠笑着说："是啊，居然连酥油茶她都能喝得惯，真是有点不可思议。"

胡文吉（右）与伙伴

谢晓君转过头来望着胡忠，脸色忽然有些凝重："回成都之后，我想了很长时间，我们两人分居两地，总不是长久之计。我知道，再让你回成都，是不可能的事情，所以……"谢晓君停住了话头。

胡忠似乎明白了什么，对谢晓君说："我知道你的想法，我也非常感谢你一直对我的支持和付出。你的意思是——你也想来吗？"

谢晓君使劲地点点头，说："是的，你是知道的。从一开始我就和你一样，也想来这里工作。现在有一个机会，学校里有志愿到藏区支教的名额，我想报名到这里来，和你在一起。"

"如果你能来，我们在这里一起为孩子们做一点事情，那是最好的。"胡忠想了一下，"不过……"

"我知道你的意思，你是不放心家里的孩子和老人。"谢晓君接过他的话说，"我仔细想过了，我可以把孩子也带到这里来。你看，文吉很适应这里的生活，而且这里的孩子都长得比城市里的孩子健壮。文吉从小身体弱，也许到这里来晒一晒高原的阳光，身体会变得更好。"

远处，胡文吉在草地上奔跑着，忽然摔了一跤。

胡忠和谢晓君有些担心，正想跑过去，却看见丹珠和香仁已经将胡文吉拉了起来，摔了跤的胡文吉竟然没有哭，依然很灿烂地笑着。

胡忠停了下来，对谢晓君说："其实，让孩子到这里生活，应该是一件好事，城里的孩子太娇生惯养了。这里虽然条件艰苦了一些，但我觉得会对文吉有好处。不过，你的父母会同意你过来吗？我自己离开，都觉得有些不好意思，觉得有点愧对他们。如果我父亲还在的话，他肯定会反对，我也不可能过来的。"

"你知道，我父母非常疼爱我。"谢晓君露出了笑容，"从小到大，他们什么都依着我。我相信，我好好和他们说，他们一定不会阻拦我，会支持我的。"

"也是。"胡忠笑了起来，"你是你父母的掌上明珠，平时你在家里做什么事，你父母从来没有反对过。不过，这件事非同一般。让他们的宝贝女儿来这里受苦，他们能舍得吗？这很难说呢。"

谢晓君肯定地说："你放心，我会有办法，我会说服他们的。"

一定要到塔公草原去！

谢晓君心意已定，但是怎么样开口说服家里的老父母呢？谢晓君想到了一个办法。

重新回到成都之后，她并没有直接向父母说起想去塔公草原支教的想法。她知道不能急，一定要慢慢来。如果骤然间和他们说出自己的想法，两位老人一定会很难接受的。

接下去的许多天里，谢晓君似乎显得很淡定，看不出她有什么想法，但她却抓住一切机会和父母讲塔公草原那些美丽的风光，那神奇壮美的雅拉神山；谈西康福利学校那些孩子的事情，讲他们的身世是如何的凄惨，现在又过着怎样幸福快乐的日子；讲胡忠在那里是如何的快乐和充实，已经成了那个大家庭中的一员。

谢晓君一次次拿出在塔公草原照的照片，给父母看塔公寺的白塔，金碧辉煌的木雅金塔，古朴的塔公镇街道，草丘山上那些在风中飘动的五颜六色的经幡，草原上美丽的花朵，清澈的河流，漫山遍野的牦牛，还有西康福利学校的老师和孩子们。

谢晓君会指着照片对父母说，这是有着一副金嗓子、喜爱唱歌的白玛，这是聪明活泼、学习能力特别强的丹珠，这是胆怯害羞、曾经尿床的香仁，这是汉语还说得不太流利的强巴，这是野性而倔强的罗布……谢晓君不厌其烦地反复讲着，在家中的话题，几句过去，总会回到塔公草原的学校上来。

不经意之中，谢晓君的父母也对那个陌生而遥远的地方逐渐变得认可和熟悉起来。

国庆节放假的时候，谢晓君终于说动了母亲，让母亲和她一起到塔公去旅行一次。

谢晓君的母亲是一位已经退休的音乐老师，她没有想到这次塔公之旅是女儿特意安排的。就像上一次谢晓君被胡忠带到塔公，被西康福利学校的孩子们感动一样，善良的母亲这次也同样被感动了。

在此之前，谢晓君的母亲从来没有去过藏区高原，没有亲眼见过藏区那些奇异美丽的风景，这次身临其境，她也被震撼了。她没有想到，遥远的藏地，还有这样一处美丽而神奇的土地。

在西康福利学校，孩子们得知她是谢晓君的母亲，都嘴甜地叫她奶奶。

谢晓君告诉孩子们，奶奶是来自成都的特级音乐老师，孩子们热烈地鼓掌，要奶奶为他们唱一支歌。

谢晓君的母亲看到孩子们眼中流露出的渴望眼神，她的心都要融化了，于是唱了一首《翻身农奴把歌唱》。一首歌唱下来，孩子们热情地鼓起掌来，因为他们没有想到这个老奶奶歌会唱得这样好，白玛更是对奶奶崇拜得五体投地。

谢晓君的母亲本来对胡忠来藏区支教的行为还有一些看法，但现在，对女婿的选择和举动，她完全理解和支持了。

孩子们有多可爱，只有来了才知道。

看到母亲的转变，谢晓君知道自己的前期工作做得八九不离十了。

这天晚上，谢晓君终于向母亲摊牌，说出了自己心里的真实想法。

白玛、丹珠这些孩子，他们就像岩石下蕴藏的美玉，需要受到良好的教育和培养，需要得到关怀，需要得到温暖，这样才能让他们健康成长，实现人生价值，展露出他们的才华。

谢晓君告诉母亲，一年来胡忠在这里支教，自己所有的假期都到这里看望丈夫和这些可爱的孩子，她和孩子们已经建立了深厚的感情。不仅仅是孩子们需要她，她也需要孩子们，她觉得自己的价值在这里才能充分体现。她的心意已定，她想来这里，想成为这个大家庭中的一员。她希望母亲能理解她、支持她。虽然她也知道，年迈的父母需要她在身边，但是，这里却有100多个孩子，也很需要她。

母亲默默地听着，没有反对，但也没有同意。她终于明白了女儿的心思，终于明白了这一趟女儿刻意安排的旅行中隐含的深义。

女儿的心情母亲怎么会不理解呢？但是不管怎么说，这里的条件太艰苦了，让女儿到这里来受苦，作为母亲，又怎么能放下心呢？

在谢晓君反复请求下，母亲答应再好好想一想。

整整一天，母亲沉默了许多，只有在孩子们面前，母亲才会流露出一丝笑容。谢晓君觉得这一天特别漫长。

晚饭之后，胡忠约谢晓君和岳母一起到操场后面的河滩散步，但岳母推辞了，说她觉得有些累，要到宿舍去休息。谢晓君只好陪着母亲回到了宿舍。

母亲回到宿舍就躺上了床，和衣而卧，转过身去面向墙壁，谢晓君根本看不到她的表情。

谢晓君在母亲旁边坐着，不敢去惊动她，心中隐隐觉得忐忑不安。宿舍里非常安静，似乎时间停止，空气也要凝结。

谢晓君变得不自在起来。自己坚持要到塔公草原来，这样做是不是有些不近人情？是不是完全没有考虑父母的感受？应该怎么做才能宽慰母亲

109

的心呢？纷至沓来的思绪，让谢晓君的情绪变得低落。

突然，谢晓君发现，脸朝墙壁侧卧着的母亲，身体似乎在轻轻地抽动，压抑不住的轻微啜泣声传了出来。母亲竟然在悄悄地哭泣，而又拼命克制掩饰着，不想让女儿发现。

谢晓君心里顿时一阵阵作痛，泪水哗的一下流了下来。她抱住了母亲，叫了一声："妈，您别哭了。"然后却哽咽着说不出话来。

母亲终于转过身来，抱着谢晓君，母女俩相对无言，只是默默地流着泪。

过了好长时间，母亲终于开口说了一句话："晓君，如果我也像你这么年轻，我也会选择到这里来的。"

本来情绪已经趋于平静的谢晓君，听母亲这么一说，巨大的感动涌上心头，鼻子又是一酸，再也忍不住，"哇"的一声大哭着扑进了母亲的怀抱。

第十三章

忠孝不能两全

雪后的操场

暴雨之后，是最为纯净和明朗的天空。

慈祥善良的母亲再次露出了笑容，那笑容让谢晓君无比感动。在西康福利学校短短的几天里，母亲争着要为孤儿们做一点力所能及的事情，帮孩子们洗衣服，还到食堂帮忙洗菜做饭。

晚上，谢晓君给孩子们上音乐课的时候，母亲也加入了，母女俩一起带着孩子们欢唱高歌。

母亲这边是同意了，谢晓君又担心过不了父亲那一关，母亲却宽慰谢晓君说，她会帮着做父亲的工作。

回到成都石室联中之后，谢晓君立刻报了名，要求参加藏区支教的工作。学校领导和同事都已经知道胡忠在藏区支教的事情，谢晓君现在的举动，让他们既敬佩又不解。夫妇俩一起去支教，这奉献和牺牲太大了。年纪尚小的孩子怎么办？家里的老父老母又怎么办？

谢晓君却打消了学校领导和同事的疑虑，家里还有大姐和二哥，已经和他们说好，他们会替自己尽孝顺老人的职责和义务，而年幼的女儿，她会带上一起去塔公。

谢晓君的父亲终于也知道了她的决定。父亲是退伍军人，这个曾在朝鲜战场流过血负过伤的硬汉，一句话也没有说，一如平日一样沉默寡言，没有表示赞成，也没有表示反对。

谢晓君虽然心中不安，但还是当父亲默许了。她开始忙碌起来，做前往塔公的准备工作：处理好学校的事务，做好工作上的交接，还准备了许多生活用品，特别是年幼的女儿需要的奶粉和衣物。

谢晓君终于要起程了，奔赴她魂牵梦萦的塔公草原。

临行前的那天晚上，家里的气氛变得异常起来，父亲依然沉默不语，让谢晓君捉摸不透，父亲到底在想些什么？

113

已经是告别的时候了，父亲总该说点什么吧？总应该为女儿祝福，叮咛些什么话吧？

　　谢晓君不断地探询父亲的眼光，父亲却总转过脸去，目光不和她正面接触。她知道，父亲的性格外冷内热。从她记事以来，父亲就不是一个能说会道的人，但是父亲对她的爱却如夏日饮冰，点滴在心。

　　母亲忙碌着，帮助谢晓君打包，和谢晓君谈着塔公草原，谈着那些可爱的孩子，母女俩似乎有许多的话要说。

　　夜已经很深了，文吉已经睡着，进入了甜蜜的梦乡，谢晓君的行李也收拾得差不多了。

　　谢晓君站起身对母亲说："妈，您别累着，早点休息吧。"

孩子们在成都

这时，她看见父亲站在自己的房门口，神色变得有些异常，这是谢晓君从来没有见过的。

"晓君。"父亲只喊了一声，就站在那里说不出话，脸上的肌肉抖动着，眼泪却不住地流了下来。

谢晓君惊呆了，在她的眼中，父亲是最为坚强的人，是这个家庭的主心骨和顶梁柱。从小到大，谢晓君没有见过父亲流泪。父亲曾经参加过最为残酷的上甘岭战役，他受伤被抬下阵地的时候，剧烈的伤痛也没有让他流下一滴眼泪。

但此时，父亲却在她面前哽咽着说不出话来，像孩子一般地哭了起来。

谢晓君内心一阵激动，站在那里，哽咽着叫了一声"爸爸"，也只是流着泪，同样说不出话来。

父女俩相对无言地流泪。

母亲这个时候倒是非常镇定，上前拉着父亲劝解道："老头子，你这是怎么了，有什么好哭的？女儿去藏区支教，这是一件好事啊，你应该支持才对。"

父亲流着泪说："晓君，你知道吗？我就是在孤儿院长大的，我知道那里有多苦。"

谢晓君也流着眼泪说："爸，那里的孩子真的很需要我。"

父亲长长地舒了一口气说："既然要去就要把工作干好，当作是战斗，别怕吃苦。"

说完，父亲跺了跺脚，转过身离开了。

谢晓君还想和父亲说点什么，母亲却挡住了她。

母亲说："晓君，时候不早了，明天你还要赶路，早点睡吧。没事的，你爸那里，我会劝他的。而且你知道他就是那个脾气，他心里其实是支持你的，只是你这一走，他有点舍不得了。"母亲说完这些话，自己的眼圈却红了。

但母亲很快克制住自己的情绪接着说："晓君，真的不要担心，你听话，乖，快睡吧，明天还要早起。"

母亲说完，慢慢转身走出了谢晓君的房间，顺手将谢晓君房间的门关上了。

2003年9月，谢晓君带着三岁多的女儿，来到了塔公草原，成了西康福利学校的老师。

学校为谢晓君的到来举办了热烈的欢迎仪式。孩子们用最真诚的方式表达了他们的喜悦之情。

新的生活，新的人生，谢晓君心里充满了激情。

只是当胡忠和谢晓君独处相对的时候，胡忠问起谢晓君家里的情况时，谢晓君才觉得心里感到内疚和隐痛。她对胡忠说："小时候，父母和我讲忠孝不能两全，那时真的不懂这是什么含义。现在，我才懂了。"

谢晓君擅长唱歌、跳舞和弹钢琴，现在却面临角色转换的考验：学校师资力量不够，所以一个老师通常都要身兼数职。眼下，谢晓君不仅是音乐老师，还要担任自然老师、图书管理员。

繁杂忙乱的工作，一开始确实让谢晓君手足无措，难以适应，用谢晓君自己的话来说，就是头都大了。

为了不误人子弟，为了孩子们，谢晓君开始咬着牙，硬着头皮，一边学习新的知识，一边上课。谢晓君每天开足马力，认真地备课、学习，学做实验……

上自然课要做实验，学音乐的谢晓君也开始在实验室中忙碌，用那双善于弹钢琴的手，笨拙地摆弄着化学试剂、试管和烧杯。

正式入职之后，困难是如此之大，柔弱的谢晓君这才开始感觉到有些支撑不住。

不过，开弓没有回头箭，靠着内心的信念，靠着胡忠和同事们的鼓励，谢晓君慢慢进入了状态。

她最难忘记的是第一次上自然实验课。

学音乐的她，平时最害怕、最头疼的就是理科的东西。为了上好第一堂课，谢晓君花了一天的时间准备。而上实验课，谢晓君要花几天甚至一个星期来准备。

那一天，她端着一盆烧瓶还有装着化学试剂的瓶瓶罐罐，走到讲台前，有些害怕。

望着讲台下那一双双眼睛，谢晓君只好向大家坦承："同学们，对不起，这是我第一次上实验课。这些知识，我们一块来学。有什么疑问，同学们尽管提，我们共同来探讨。"

同学们并没有为难这位可爱而敢于挑战的老师，反而报以热烈的

孩子们在上自然实验课

雪山并蒂莲

掌声。

谢晓君鼓起勇气，开始为孩子们演示实验的内容。尽管她已经练习了很多遍，但做起来还是有些手忙脚乱，连点燃酒精灯这种最简单的事情，竟然都是点了好几次才成功。

第一堂实验课，她是在忐忑不安的心情中上完的。

第一次上课状态并不是很好，却没有遭到同学们的嘲笑。从此，谢晓君的信心又多了几分。后来每次上实验课，谢晓君都要花更多的时间准备。每个实验，她都要反复做许多遍，一直做到万无一失。

就这么简单的小学自然课，谢晓君居然如履薄冰，万分慎重地做了大量的准备工作。为一个课时，就要写好几个教案。教案中她不但详细地记录了整个试验的操作流程，还仔细地揣摩语言，思考应该怎么样根据实验情况，向同学们进行更为有效的讲解。对于自己不熟悉的领域，她觉得只有这样下笨功夫，才能够真正上好课。

与艰难的实验课相比，谢晓君的音乐课就上得很轻松了。她甚至可以连课都不用备，直接到教室上课。

谢晓君的音乐课，课堂效果非常好，孩子们最喜欢上。

像白玛那样有音乐天赋的孩子，则成了谢晓君的得意弟子；而这样的音乐课，让谢晓君有了一种来自专业的成就感和自豪感。

第十四章
弹钢琴的手拿起了针线

秋去冬来，塔公草原又到了严酷寒冷的季节。

此时，谢晓君才发现，藏区高原的生存条件，竟然是如此恶劣、如此严苛。谢晓君现在又一次面临新的挑战和考验。

高原的冬天，白天有阳光的照射，还不觉得有多冷。到了晚上，从未体验过的极度寒冷，却是谢晓君难以承受的。

谢晓君的体质本来就不怎么好，冬天寒冷稀薄的空气，让她的高原反应加重了许多，总是因为缺氧而头痛失眠。这个冬天，塔公停了一个月的电，使每一个夜晚都变得非常的难熬。

宿舍里靠火炉取暖，而火炉时燃时灭，三岁多的女儿被冻得吃不消，晚上时常咳嗽。

过于繁忙的工作，让谢晓君连照顾女儿的时间都没有了，幸好胡忠也在这里。

胡忠已经适应了这里的工作和生活，所以当谢晓君工作忙的时候，胡忠就帮着照看女儿。而胡忠忙的时候，其他老师也会帮助他们照看女儿。

有一天，文吉生病了，夜里一直咳个不停，小脸烧得通红，嘴唇泛着白皮，开裂了。

谢晓君把女儿抱在怀里，看着女儿受这样的罪，忍不住流下了泪水。

工作的压力，生活的艰辛，她却不忍向胡忠诉说。

胡忠将这一切看在眼里，默默地陪伴着妻子和女儿，似乎也不知道应该说些什么来安慰谢晓君才好。整个晚上夫妇两人都没有睡觉，一起守着女儿。

胡忠隔一个小时就得给炉子添点干牛粪，让火炉不熄灭，给室内增加一些暖意。

拨弄好炉子之后，胡忠又去冲了一杯白糖水，用棉签蘸着糖水，擦拭女儿开裂的嘴唇，想让病痛中的女儿不那么难受。

121

雪
山
弄
蒂
莲

也许是胡忠和谢晓君的诚意感动了上天，也许是因为他们两人一夜无眠的悉心照顾，第二天，女儿的病情奇迹般好转了起来。

随着女儿的康复，谢晓君也重新振作，她要努力学会生存，像雪莲花那样，在这片土地上生根、发芽、生长、开花。

以前在家里不怎么做家务的她，现在要开始一切从头学起。她决定首先学会烧炉子。

这一天早晨，她把炉子拿到了室外，尝试着自己生火，可是捣鼓了半天，火柴擦了一根又一根，炉子却怎么也生不着。

学校里一个藏族老师，看着谢晓君手忙脚乱的样子，不由得笑了起来，于是上前教谢晓君怎么生火。那个老师性格开朗，端着炉子在操场上跑了起来，然后对谢晓君说："这样就有风，炉火就会烧得更旺。"谢晓君也学着那位老师的样子，端着炉子在操场上跑了一圈。果然，炉火烧得

谢老师在板房内上课

很旺，惹得大家哈哈大笑。

谢晓君成功了。她将炉子提回屋里，放上水壶，不一会，水烧开了。谢晓君往杯子里倒了一杯白开水，用双手捧着，慢慢喝了起来。她发现，这杯白开水是这样的好喝，这么的甘甜。

人生的幸福，有时候就是这么简单。

虽然环境的严酷已经超出了她当初的估计，但她还是挺了过来。身边有丈夫的支持，这是她最大的温暖。现在，她再也不需要像前两年那样，在每个周末的深夜，用街边的公用电话向丈夫诉说思念了。

因为夫妇两人有着共同的理想和信念，所以，即使高原的生活非常清苦，他们也感到甘之如饴。

临别时父亲的那一句话谢晓君时刻记在心里："要去就要把工作干好，当作是战斗，别怕吃苦。"

谢晓君全身心地投入学校的工作中，为学校的孩子们无私地奉献着她的温暖和爱心。繁忙的工作占去了她所有的时间，一天下来，晚上能坐在床上端着一杯热茶喝着，她觉得这就是人生最惬意的事情。

有一天，谢晓君发现学校很多孩子的鞋子里没有鞋垫，又看到学校仓库里有很多旧布料，就决定为孩子们做鞋垫。

她找来了缝纫机，却不知道应该怎么使用，于是打长途电话给远在成都的妈妈，在电话里请教妈妈怎么样使用缝纫机。妈妈在电话里给她仔细讲解，然后她就去试验，一次又一次，终于学会了使用缝纫机。

谢晓君利用周末休息的时间，把自己关在屋子里，做了几十双鞋垫。当她把鞋垫分给孩子们的时候，孩子们高兴地欢呼，大声说着谢谢。此时，谢晓君心里充满了喜悦和成就感。

有时候，谢晓君暗自在想，也许自己是属牛的，有所谓的牛脾气吧，遇到困难绝不退缩，凡事不做则已，一旦做了，就会不管别人怎么看，全力以赴，把事情做好做成。

现在，靠着这种牛脾气，那本来完全陌生、难以掌控的自然课，她已经能够上得很好了。

一个学期下来，两大本厚厚的备课本，已经被她写完了。学校领导都表扬她的自然课上得好，孩子们也都很喜欢上她的课。

谢晓君欣喜地发现，原来人的潜力是无限的，只要肯挖掘，只要肯付出艰辛的努力，就没有做不到的事情。

与成都舒适的生活相比，这里的生活当然辛苦了很多，但是，看到孩子们的进步和自己的成长，谢晓君觉得当初的选择没有错。在这里，她找到了生活的意义；在这里，她的价值真正得到了体现。

由于学校工作人员的缺乏，谢晓君在授课之余，还兼任图书管理员的工作。对谢晓君来说，这份工作虽然没有像自然课那样困难，但当她第一次走进图书室、看到众多图书堆在地上的时候，还是感到一头雾水，不知道应该如何去做。

谢晓君只好打电话向成都的朋友询问关于图书管理的知识，好心的朋友给她寄来了图书专用标签及相关的书籍，并告诉她如何给图书分类。

来到西康福利学校的第一年，谢晓君一有空就钻进图书室，一边抓紧学习图书管理知识，一边给图书分类。一学期下来，图书室焕然一新，图书也收拾得规范整齐。图书室的墙壁上，也被谢晓君重新装饰，贴上了许多与读书有关的名人名言。图书室终于成了孩子们愿意来的地方，而谢晓君也爱上了她的另一个新岗位——图书管理员。

冬日的塔公草原，夜晚寒风刺骨，滴水成冰，但在白天，温暖的阳光朗朗照耀，带给人们热情和希望。高原以另一种苍凉厚重的美，激励着善良而坚强的人们。

生活和工作都慢慢走上了正轨，感受到了生活中一个又一个小小的成功的喜悦，谢晓君的内心逐渐变得自信。几个月的时间下来，她已经经受住了生活中严酷的挑战，心情也变得如冬日里晴朗的天空那样辽阔、纯净、安详、透明。她的选择没有错，她热爱这一方水土和这里的人们。

望着连绵起伏的坡地和山丘，望着远处如雪莲花般绽放的雅拉神山，谢晓君时常感到心如明镜，天地宽阔。

冬日里一场又一场的雪，将草原覆盖。天色放晴之后，阳光将雪山照得闪闪发亮，如同仙境一般。夕阳西下的时候，晚霞映照，远处白色的山峦披上了一层红色的轻纱，朦胧又梦幻。

每当这样的时刻，胡忠和谢晓君携手漫步在学校操场后面的草地和河滩，内心都会被一种宁静和温馨的感觉厚厚地包裹。

看到妻子的成长和进步，胡忠倍感欣慰。

当初妻子坚持到这里来支教的时候，胡忠心里还是有一些隐约的担心。现在，谢晓君经受住了考验，她已经像高原雪山上的雪莲花一般顽强地生长和绽放了。

日子还在继续，新的故事还在发生。

当谢晓君刚刚适应这里的生活，完成自己角色的转换，把她的音乐课、自然课和图书管理员的工作做得得心应手的时候，又一项新的任务落到了谢晓君的头上。

学校一名生活老师离开了。本来西康福利学校的师资力量一直就非常紧缺，学校的老师经常是来了又去，时间最短的在这里只待了几个星期。每个人的离去都有各自的理由，没有人会去责怪那些离去的老师。但是，留下来的老师们必须要做出更多的努力，去分担更多繁重的教学和管理工作。

让她当生活老师，学校的领导有些犹豫和不忍，毕竟谢晓君刚来，工作才刚刚走上轨道，现在又要额外给她增加工作，谢晓君能吃得消吗？

但是谢晓君的坚定打消了大家的疑虑，于是她在西康福利学校又有了一个新的工作，也有了一个新的称呼——生活妈妈。

学校宣布谢晓君为生活老师的那一天，她刚刚走出会议室，一大群孩子就跑过来，围着她，亲热地叫她"妈妈"。

"妈妈，妈妈……"清脆响亮的声音此起彼伏，在谢晓君的耳畔回响。那一刻，她心头一热，充满了感动。

有妈的孩子是个宝，没妈的孩子像根草。这些孩子们大多没有妈妈，现在自己成了他们的妈妈，这种爱的温情之中，其实包含了怎么样沉甸甸的责任啊！

接下生活妈妈这一工作的时候，谢晓君有些新鲜和好奇，觉得颇有意思，但真正工作下来，她才意识到，这个工作不是儿戏，她已经从一个老师的角色，升格为孩子们的母亲了。

谢晓君暗自下定决心，一定不能辜负孩子们对她这个"妈妈"的称呼。工作再苦再累都没有关系，她一定要尽到一个"妈妈"的责任。

当生活老师，占用了谢晓君更多的时间和精力。学校的孩子们被分成了很多生活小组，每组十几个人，由一位生活老师来负责管理。每个小组就是一个小家，在这个小家里，孩子们称自己的生活老师为"阿爸""阿妈"，相互之间就是兄弟姐妹。

给十几个孩子当生活妈妈，工作是非常繁重而琐屑的。要和孩子们一同生活，一同吃、一同睡，时刻留心孩子们的学习生活情况，随时对他们进行教育和帮助。当生活妈妈的第一天，谢晓君又一次挑战了自我。

早上5点，睡意正浓的谢晓君就被闹钟叫醒，她必须先起床，为孩子们一天的生活做好准备。她要先到三楼把学生寝室的灯打开，然后到办公室开广播，叫孩子们起床。

谢晓君打开房门，看到外面一片漆黑，四周静得出奇，学校的师生们还在休息，显然她是第一个起来的人。谢晓君从小性格就文静胆怯，从来不敢一个人走夜路。在漆黑寂静的夜色中，她摸索着走出房门，走在空空荡荡的走廊上，一种莫名的恐惧涌上心头。

谢晓君在心里不断地告诉自己，她已经不再是一个怕黑的小女孩了，而是学校里十几个孩子的"妈妈"，为了孩子们，她应该成长起来。而且，全校的孩子都在等着她，她要去开广播，叫孩子们起床。

她壮着胆子，往楼上走去。一边走，谢晓君一边暗示自己，安慰自己，不要东想西想，这世界上哪里有鬼，都是人的心理作用在作祟。她把每一步都走得格外用力，为自己壮胆。

日子一天一天过去了，她发现，自己的胆子真的变大了，不再害怕孤寂的夜色和黑暗了，她不禁为自己的成长感到骄傲。

生活每天都这样按部就班地进行着。谢晓君一大早就要起来，带着孩子们到操场上跑操，然后上早自习。上完早自习之后还要吹口哨集合，再一次检查孩子们的衣着，然后让孩子们排好队，有序地进入餐厅，安静地就餐。

也许是太投入了，那一段时间，谢晓君甚至都记不清楚自己是怎么样吃完早饭的，她的心思都在孩子们身上。她端着碗，完全没有注意到碗里是什么食物，只是习惯性地往嘴里扒拉着饭菜。整个就餐过程，谢晓君随时都在注意观察和纠正孩子们的饮食习惯和就餐纪律。

对于这些孩子来说，老师就是他们的父母，谢晓君觉得自己有责任抓住每一个细节来教育、帮助他们。

吃完早饭，孩子们上课去了，谢晓君依然忙碌着，没有时间停下来休

127

雪山开蒂莲

息。她要去每个寝室给孩子分发毛巾、牙膏、香皂、卫生纸等日常生活用品，抓紧时间检查每个寝室的清洁卫生，然后给每个寝室评分，定时进行评比。她要用这些方法来教育和督促孩子们，从小养成良好的生活习惯。

检查完卫生，她还要去看看孩子们的床单、被套、衣服、裤子有没有需要缝补的。然后，她就会拿着一堆需要缝补的衣服，来到教学楼的外面，安静地坐着，一边缝补衣物，一边享受着塔公草原清晨那和煦温暖的阳光。

她有些笨拙但很努力地穿针引线。在这之前，在成都教孩子们弹钢琴的她何曾想到会有这样的一天，弹钢琴的手拿起了针线，何曾想到会过上这样奇异但又让她的内心充满幸福和安宁的新的生活。

繁忙的工作让人安心和充实，她已经越来越能适应高原的生活环境。现在，她已经不再失眠，夜里会睡得很香很甜。

有一天，谢晓君也许是因为白天工作得太累太疲倦，夜里睡得特别沉。早晨5点的时候，闹铃响了一遍又一遍，谢晓君睡眼惺忪，就是下不了起床的决心。暖和的被窝和室外寒冷的空气形成了强烈的反差，她多么想再睡一会。这一刻，谢晓君觉得如果能睡一会儿懒觉，那将是人生中一件相当幸福的事情。

内心激烈地斗争着，但是理智还是占了上风，谢晓君坐起来穿好衣服，离开温暖的被窝。在那一刹那，谢晓君的心里不自觉地冒出一个念头："这辈子可能再也睡不成懒觉了！"

第十五章
做一个真正的康巴姑娘

春天又一次降临塔公草原，冰雪消融，大地回春，枯黄的草地换了新装，明丽的新绿涂满了近处和远山。

远处的雅拉神山，依然亘古不变地矗立着，只是在春日阳光的照耀下，多了几分明亮的银色，在肃穆圣洁的氛围中，变得亲切柔和了许多。

不到一年的时间，谢晓君的脸上也有了一些高原红。

爱美是女人的天性，刚来塔公的时候，谢晓君每天还要在脸上抹润肤霜，但是现在，她已经放弃了这个习惯，她暗自下了决心，从内到外都要转变，自己要在这里扎根。她要做一个真正的康巴姑娘！因为她知道，康巴姑娘是坚强勇敢的象征。

春暖花开的日子，西康福利学校从新都桥武警部队请来资深教官当"战士老师"，组织孩子们进行军训，老师们也一起参加。

军训中许多难忘的细节，时常令谢晓君感动。军训期间正值草原的雨季，经常会有大风大雨。

这一天，谢晓君和孩子们在结队训练。

"一二一"，随着教官的口令，谢晓君也和孩子们一起踏着正步。

忽然之间，天空布满了乌云，狂风大作，一场暴雨不期而至。

藏区的天气总是这样变幻莫测，前一分钟还艳阳高照，没有一点预兆，天说变就变，暴雨倾盆而下。孩子们发出一阵惊呼声，脚步凌乱起来，整齐的队伍也变了形，陷入了混乱。

雨来得太陡，下得太急，几分钟的时间，大雨铺天盖地地打在了谢晓君和孩子们的身上。雨水冲在谢晓君的脸上，她觉得视线渐渐模糊，睁不开眼睛。

但是，风雨之中，却传来了教官的口令声："一二一，立定！"

教官直直地站在队伍前，以一种坚定无畏的眼光望着孩子们。似乎是受到了教官的影响，孩子们竟然安静下来，和教官一起站在风雨之中。

高原上的暴雨来得快去得也快，很快，雨就停了。

一阵风吹过，吹在谢晓君和孩子们已经湿透的身上，刺骨的凉意让有些孩子站不住了，大家冷得缩起了脖子。

这时，教官依然坚定地站在前面，一动不动。教官大声地说："全都把头抬起来，站直了！你们平常不是说你们是康巴人吗？什么叫康巴人？我曾经听到这样一个定义：不怕风，不怕雨，遇到再大的困难都不低头的人是康巴人。今天的风雨就把你们吓倒了吗？军训的目的就是要培养你们具有军人一般坚强的意志，如果你觉得自己是个康巴人，就做个样子给我看！"

教官的话激励了谢晓君和孩子们，大家都把背挺得直直的。

终于，风静了，乌云散去，天空恢复了明净湛蓝。

太阳像个顽皮的孩子一样从云层中探出头来，再次向草原洒下热烈温暖的阳光。

生活还在继续，还有许多新鲜的经历和感悟。

西康福利学校在新都桥有一个蔬菜基地，土豆播种下去，大约经过两个月的时间，就到了收获的日子。

这一天学校组织全体师生去挖土豆。

从学校出发，到新都桥的蔬菜基地大约有40多分钟的车程，老师和学生都挤在农用车的车斗里。高原的春天乍暖还寒，车子在路上行驶的时候，刺骨的寒风依然让人有些吃不消，老师和学生们都用围巾将自己包裹得紧紧的。

在车斗里，大家挤在一起。车子开动的时候，挂在车后的拖斗剧烈摇晃，车里传出了孩子们一阵阵兴奋的尖叫声。那些有力气的大男生们，站在车斗的边缘，紧紧地抓着栏杆，谢晓君和一些较小的孩子则站在中间，摇来荡去。

谢晓君笑着领着孩子们唱起了《洪湖水浪打浪》：

洪湖水呀，浪呀嘛浪打浪啊

洪湖岸边是呀嘛是家乡啊

清早船儿去呀去撒网

晚上回来鱼满舱啊

四处野鸭和菱藕

秋收满帆稻谷香

人人都说天堂美

怎比我洪湖鱼米乡啊

……

草原上的"入队"仪式

雪山并蒂莲

第

十

五

章

孩子们跟着学唱，嘻嘻哈哈地摇动身体，做着浪花的样子。

美丽的新都桥历来有着"摄影家天堂"之称，景色优美如画。道路的一侧是缓缓流动的河水和开阔的河滩。春回大地的时候，草原上各种各样的植物生长起来，野花盛开着。

车子终于到达了目的地，大家走在蔬菜基地的田埂上，闻着泥土和野花的清香，很快投入忘我的劳动之中。

谢晓君和两个男生一组，那两个男生卖力地挥舞着锄头，翻刨着泥土，一个个土豆露了出来。

这些土豆，大的有拳头般大小，小的却细如手指。两个男生负责将土豆刨出来，谢晓君则负责将土豆捡到背篓里。

忽然，谢晓君尖叫起来。原来两个男生翻开的泥土里，竟然有一窝白生生的、大拇指粗细的土豆虫。看到这么多蠕动的白虫，谢晓君毛骨悚然，本能地尖叫着后退避开。

孩子们却大声笑了起来，他们的笑声中充满善意。

谢晓君虽然是他们的老师，是他们的生活妈妈，但她毕竟是从大城市来的，还不习惯这样的场景。在这些男生看来，这些白生生的蠕动的虫子，是生活中很常见的事物。

这时他们男子汉的豪情油然而生，停下来安慰谢晓君，让她不要怕，还帮助谢晓君捡土豆。

孩子们的举动让谢晓君有些羞愧，自己不是想像康巴姑娘一样勇敢坚强吗，怎么不知不觉之间胆小的本性又流露出来了呢？

谢晓君心一横，拒绝了男生的帮忙，硬着头皮，咬着牙关，尽量不去看那些肥白蠕动的虫子，坚持从地里把土豆捡出来。

第一天的劳动就这样结束了。

回到学校之后，谢晓君觉得自己竟然有些虚脱。除了是因为一天辛苦的劳作之外，更多的还是因为她内心的恐惧。晚上睡觉的时候，只要眼睛一闭，那些白生生的土豆虫又会出现在眼前。

坚持，再坚持，第二天，第三天，谢晓君终于挺过来了。

原来每个人身上都有如此巨大的潜力，只要你敢于直面，敢于挑战，敢于坚持，你就一定能行。

就这样，谢晓君在捡了三天土豆之后，终于可以对土豆虫见惯不惊，也不再害怕了。

每天辛苦劳动下来，腰酸背痛，身体疲惫不堪，她深深地体会到劳动对自己内心的净化和意志的锻炼。

在劳动的间隙，谢晓君来到河边，手捧清水，洗一把脸，再喝一口水，长长地舒上一口气。

到了塔公草原之后，一开始谢晓君不怎么吃得惯糌粑，但是在劳动的日子中，糌粑也变得美味起来。当吃饭的哨声响起时，谢晓君也和那些孩子们一样，一手拿着糌粑，一手端着奶茶，在田埂上随意坐下，埋头大吃。繁重的劳动使谢晓君发现，自己的胃口变好了。

三天的劳动结束了，回到学校，每次坐在餐桌面前，谢晓君总会想起劳动的疲惫和艰辛。"谁知盘中餐，粒粒皆辛苦"，这句早已耳熟能详的诗句，只有在亲历亲为之后，才会有完全不一样的体会。

似乎就是从那一次开始，谢晓君觉得自己的味觉变得不再敏感，也不挑食了，尽管有时学校的饭菜简单单调，她也能吃得津津有味。

第十六章

草原和草原以外的世界

风景在变化，季节在更替。

又是夏天到了。

到西康福利学校支教的一年时间很快就过去了。谢晓君上音乐课，上自然课，当图书管理员，又做孩子们的生活妈妈，她的努力受到了学校领导、老师和孩子们的一致好评。

一方面是对谢晓君的信任，另一方面也是因为学校的师资力量太过缺乏，第二年学校又调整了谢晓君的工作，要求谢晓君担任四年级的班主任，并教一年级和四年级的汉语。

当负责学校教学工作的程琳莉找谢晓君商量这件事时，谢晓君先是愣住了，然后又哈哈大笑，以为程老师在和她开玩笑呢。

怎么可能让她教汉语呢？谢晓君从四川音乐学院毕业，虽然当老师已经有十年的时间，但是这十年里，她做的是音乐老师，她所有的教学经验都是音乐方面的。语文教学不是她的专业，更不是她的专长。就是班主任的工作，对她来说也是完全陌生的。

对于突然来临的工作，她完全没有思想准备。

程老师仔细和她说明了情况。一些前来支教的老师又离开了，师资力量更为缺乏。学校领导也是没有办法，想来想去，觉得还是谢晓君比较适合，毕竟她是音乐学院毕业的高材生，文化基础和综合素质绝对没有问题。而且这一年下来，谢晓君的努力大家都看在眼里：她工作负责，教学认真，毫无保留地把一颗心放在孩子们的身上。虽然让谢晓君担任一年级和四年级的汉语教学工作有点勉强和唐突，但综合考虑下来，学校还是希望谢晓君能接下这个工作，而且大家都一致觉得她是能够胜任这个任务的。

谢晓君不再笑了，她变得严肃起来。

学校领导和老师们的信任她当然不能辜负，更重要和更关键的是，福利学校这些可爱的孩子们，渴望学习，渴望受到良好的教育，他们需要她。

谢晓君考虑了一下，点了点头说："请程老师和学校领导放心，我一定会全力以赴迎接这一新的挑战，一定会把教学工作做好，不会误人子弟。"谢晓君暗自下定决心，要凭着一贯的做事原则，凡事不做则已，做就一定努力做好。

当天晚上，谢晓君就给在成都的母亲打了电话，托母亲为她买语文教学参考书，给她寄过来。

整个暑假的时间，谢晓君都在努力地备课。

新学期开始了，谢晓君成了一年级和四年级的汉语老师。

经过认真的钻研、精心的准备，虽然心情还有些忐忑，但是看着孩子们认真的眼神，专注的态度，还有听懂老师讲课时发出的会心微笑，谢晓君知道自己的心血没有白费。

只要有足够的付出，就一定能够做好，现在谢晓君对自己已经很有信心了。

然而，在藏区教汉语，是一件非常困难的事情，西康福利学校的教学资源和学生基础比大城市要差很多，这让谢晓君经常有力不从心的感觉，不得不花更多的时间和精力投入教学中。

新学期一开始，谢

晓君就对孩子们进行了简单的摸底测验。她惊讶地发现，孩子们的基础知识学得并不扎实，虽然在课堂里孩子们表现出来都听懂了，但是他们在汉语字、词的读、写方面并不过关。

谢晓君调整了方案，把教学重点放在字词过关上。她采用胡忠曾经用过的方法，将字词写成小卡片，一有时间就找来那些基础比较差的孩子，让他们练习，如果写对了，就奖励糖果。

经过这样点点滴滴的积累，孩子们的汉语学习很快有了进步。

有一天，谢晓君在课堂上讲解《颐和园》这篇课文。没有挂图，没有参考书籍，更没有多媒体教学手段，只有一篇白纸黑字的课文，从来没有出过藏区、没有离开过塔公的孩子们，很难想象课文中描述的颐和园到底是一个什么样子，对课文中出现的大多数词语，都不能准确理解。

对"长廊"这个词，谢晓君费力地解释道："长廊就是颐和园中有顶的游廊。"

孩子们却听不懂。"什么是游廊啊？""游廊怎么会有顶呢？"孩子们的问题，让谢晓君感到有些无从回答。

"游廊就是公园中供人游玩的走道，但长廊上面修有可以遮雨的屋顶。"

谢晓君在黑板上画了图，又用手势比画着，但学生们还是听得似懂非懂。这里的孩子甚至不知道什么是公园，他们去过的最远的地方就是新都桥镇。在孩子们眼里，塔公镇那一眼望得到头的街道也可以用"繁华"两个字来形容。

面前这些朴素纯真的孩子，这些不知道外面的世界有多精彩的孩子，谢晓君感到愧疚和心痛。她在心里发誓，一定要好好教他们，一定要让他们走出这里，走出塔公草原，走到外面的世界去。

为了上好汉语课，谢晓君开始用自己的方式、用她称为笨办法的方式进行教学。她知道教藏区的孩子学汉语，不能够用教城市里孩子一样的方法。

让藏区的孩子把字、词、句这些最基础的知识牢牢地掌握，这才是关键。

每一节课，谢晓君都要花很大的工夫，一个字一个字、一个词一个词地仔细教学生辨认、记忆。

比如教颐和园的"颐"字，她就会先把汉字写在黑板上，让同学们把笔画搞清楚，然后一笔一画地书写，再去讲结构，并且要求每个孩子都要认真做好笔记，她还会对孩子们的笔记进行检查。

仅仅是这样的字词，往往就要花一节课的时间。

谢晓君还教会了孩子们查字典。

她把书上的生字找出来，让学生查字典了解这个字的意思。谢晓君发现，将教学重点放在字词上，对这些藏区孩子理解汉语，是一种很好的方

雪
山
并
蒂
莲

法，孩子们也养成了碰到问题就去查字典的好习惯。

当对课文中的字词有了深入理解之后，谢晓君再带孩子们学习全篇课文，这样孩子们对课文的意思就很容易理解了。

谢晓君开始有意识地给孩子们讲述草原以外的世界——

走出草原，翻过群山，有一个地方叫天安门，新中国的第一面国旗从天安门广场上升起；

走出草原，翻过群山，有一种学校叫大学，那里有家乡建设最需要的知识；

走出草原，翻过群山，再回望自己的故乡，它有最美丽的草原和最善良的乡亲，值得我们去爱，不管走到哪里……

这是谢晓君自己编写的教育孩子们的励志话语，这些话语已经和她的关爱一样深深地刻印在了孩子们的心里。

孩子们的眼界慢慢打开了，他们开始以稚嫩的目光，充满新鲜和好奇地打量起外面的世界来。

给四年级的学生当班主任，一开始谢晓君也不知道从何做起，她去请教有经验的老师，学习怎么样去做孩子们的思想工作。

靠着她的耐心细致，谢晓君掌握了班上每一个学生的性格特点，甚至可以敏锐地觉察出孩子们的情绪变化，有针对性地对他们进行个别辅导。

就这样，这个班的孩子在她的带领之下继续成长着。

第十七章

带走了孩子们的思念

操场上的学生

朴实、平凡、简单，但是充实、快乐、幸福，这是另一种生活，另一种人生，另一种风景，这是胡忠和谢晓君以前从来没有想象过的奇妙的经验。

每天黄昏时分，一天的教学工作结束之后，夫妇二人总要到学校操场下面河滩的草地上散步。

看着落日的余晖慢慢消失在天幕的尽头，看着雪莲花一般绽放的雅拉神山，他们都会被内心巨大的宁静所感动。而他们已经在这片高原上扎下了根，像纯净的并蒂雪莲，绽放出他们人生中的灿烂。

一年又一年，西康福利学校也有了许多令人欣慰的变化。在人们的关怀中，这所学校有了更好的办学条件。

楼房进行了装修，翻新了一部分宿舍，教学楼前又修建了一处数百平方米的阳光棚，图书室增加了许多新书，学校的孩子们也用上了电脑。

胡忠此时已经来到西康福利学校五年了，他的付出、他的爱心、他的能力，得到了同事们的一致赞许和认可。负责学校管理工作的高校长年龄已大，身体也不太好，现在有了胡忠这样一个好助手，他开始将肩上的担子传递给这个年富力强的接班人。

从2005年开始，虽然还没有正式任命，胡忠事实上已经成了西康福利学校的代理校长，负责整个学校的教学管理工作。

夫妇二人相互支持，相互帮助，一起成长。从来到西康福利学校支教的那一年开始，谢晓君也每年都被评为学校的先进老师。福利学校成了他们共同的家，学校里的孩子们也成了他们共同的孩子。

谢晓君汉语老师的工作现在已经做得非常优秀。她教的孩子，这一年参加康定县全县统考，取得了很好的成绩。这一成果，更增添了谢晓君对汉语教学的信心和勇气。孩子们都是聪明的，都是渴望学习到更多知识的，谢晓君相信，只要她努力付出，一定能够将孩子们教得更好。

夫妇二人相互鼓劲，要为孩子们做出好的榜样，一定要教好孩子们，把孩子们培养成为真正对国家对社会有用的人才。

学校的阳光棚刚刚建好的时候，有许多的杂活要做，学校便动员老师和学生一起参加义务劳动。

这一天，刚吃过晚饭，本来是休息和自由活动的时间，一辆货车拉来了很多的货物，而库房里却堆着许多木板，需要将木板搬出来，为堆放货物腾出空间。

在胡忠和其他老师的带动下，孩子们都加入了劳动。

谢晓君身体弱，没什么力气，但她还是回宿舍换了衣服，跑了过来。她看到大家正干得热火朝天，连十岁的孩子都搬了两块木板。

谢晓君看在眼里，心想自己是老师、是大人，至少应该搬三块木板吧。她自信地走了过去，可是仅仅抬起一块长长的木板，她都力不从心，更别说搬三块了。没有办法，谢晓君只好红着脸，量力而行，连拖带扛地搬着一块木板，穿梭在孩子们中间，缓缓地挪动着步子。

即使是这样，她来回搬了几趟后还是感到体力不支。

看到谢晓君艰难的样子，孩子们都心疼地叫谢老师不要搬了。谢晓君本来还在犹豫，可是看到那些才十多岁的孩子都在努力地劳动着，她觉得自己不能打退堂鼓。

谢晓君努力调整好呼吸，走到仓库前对往外传递木板的同学说："我要搬两块。"

孩子们都劝谢晓君说："谢老师，不用啊。你休息休息，不要累着，我们有的是力气，我们来搬。"

谢晓君却固执地坚持着。

孩子们没有办法，只好给了谢晓君两块木板。

当谢晓君艰难地拖着两块木板缓慢地在孩子们中穿行的时候，孩子们都对她投来了无限敬佩的目光。而此时，孩子们的干劲更大了，最后，比预计的时间提前了半个多小时木板就搬完了。

看着孩子们在自己的带动下努力地劳动着，谢晓君觉得心里踏实了许多。

孩子们在上课之余最高兴的事情就是跟着谢晓君学唱歌、学跳舞。

来到西康福利学校之后，胡忠和谢晓君大多数假期都是在学校里度过的，甚至很多个春节他们都没有回家。

一开始，在成都的父母还有些抱怨，但他们后来也理解了胡忠和谢晓君的选择。

这是一个特殊的学校，孤儿们都没有家，这里就是他们的家。越是假期，孩子们就越需要老师的温暖和关怀。可以想象一下，假如节日的时候，他们的老师，他们的"阿爸""阿妈"都离开了，孩子们会有多么失望！

暑假和寒假是孩子们特别快乐的日子，学习任务不再那么繁重，虽然老师还是会给他们补课，会给他们布置作业，却有更多自由活动的时间。

孩子的天性是喜欢玩、喜欢游戏，所以每当放假的时候，他们的心情都会特别好。在天气好的时候，胡忠和谢晓君会带着孩子们到野外游玩爬山，胡忠还会和孩子们一起踢足球、打篮球。

谢晓君则会为孩子们排练节目，教他们唱歌、跳舞。她为孩子们编排的舞蹈，好几次都在州里的比赛中得了大奖。

这年夏天，谢晓君在学校组织孩子们进行歌唱比赛，白玛和其他几个在音乐上有天赋的孩子当然最为开心、最为活跃，谢晓君每天都带着孩子们唱歌。

有一天，谢晓君来到教室带领孩子们唱歌，发现班里其他孩子都热烈地欢迎她，而一个叫罗桑的大男孩却缩在角落里，闷闷不乐，并没有加入唱歌的队伍。

罗桑并不是自己班上的孩子，她对罗桑的情况也不熟悉。

她关心地走到罗桑面前，问："你不舒服吗，是不是生病了？"

罗桑站了起来，眼睛却不敢看谢晓君。谢晓君发现罗桑眼中闪动着泪光。

这个男孩已经有十三四岁了，站起来个子比谢晓君还高，但此刻却显得很无助，让人心痛和怜悯。

谢晓君拉着罗桑的手，温柔地说："你有什么事情，告诉老师好吗？老师会帮助你的。"罗桑忽然"哇"的一声哭了起来，扑进了谢晓君的怀里。内心的悲伤使这个大男孩不能自已，身体剧烈地颤抖着。

谢晓君惊呆了，她只能轻轻地拍着这个大男孩，柔声地说："罗桑，不要哭，有什么事告诉老师好吗？老师会帮助你的。"

过了好一阵子，谢晓君才从罗桑断断续续的叙述中知道了情况。

原来，罗桑的父亲刚刚去世，按照藏族的习俗，一年内他是不能唱歌跳舞的。

谢晓君感动了，也流出了眼泪，她宽慰着罗桑，罗桑激动的情绪这才慢慢稳定下来。

从2003年开始，谢晓君连续三年在西康福利学校支教，每一年都主动向石室联中提出继续支教的申请。前面的两年，石室联中都支持了她的选择。但2006年，学校出于加强自身师资力量的需要，要求谢晓君回学校担任初一七班的班主任和初一14个班的音乐老师。

谢晓君和胡忠就这个问题商量了很久。谢晓君红着眼睛对胡忠说：

151

"我想留下来，我不想离开。"她舍不得这里的孩子们，当然也舍不得自己的丈夫。

胡忠是个老实人，一时之间也不知道应该怎么办。他劝慰着谢晓君，既然她的人事关系还在石室联中，当然要服从学校的安排，还是先回去看看再说，回去后再想办法。如果确实还想来，再和学校的领导申请，想办法说服他们，一定会有机会的。

谢晓君没有别的办法，只好听从了胡忠的建议。

离开的日子就要到了，谢晓君却不知道怎样向学生开口。她曾经答应过孩子们，会一直陪伴在他们的身边，看着他们健康成长。

然而，孩子们却远比谢晓君想象的还要敏感。不知道是谁从哪里得到了她要回去的消息，这个消息很快就在学生中间传开了。

这一天，谢晓君像往常一样走进教室，但她却感觉到了教室里有着与平日里完全不同的压抑气氛。

孩子们没有了往日的笑容，眼睛红红的，一副可怜巴巴的样子，齐刷刷地望着她。

谢晓君愣住了，她猜了出来，一定是孩子们知道了她要离开的消息。看到孩子们悲伤的神情，谢晓君走上讲台，却半天说不出话来。

坐在最前面的白玛忽然"哇"的一声哭了起来，接着又有几个孩子跟着哭了起来，教室里乱作一团。谢晓君不由得也流出了眼泪，但她还是努力地控制着自己的情绪。她走下讲台，来到了白玛的身边，抱着白玛的头说："孩子们，不要哭了，老师永远爱你们。因为工作的关系，老师要暂时离开一段时间。可是请大家放心，老师一定会回来看你们的。"

白玛站起来，扑进了谢晓君的怀里，红着双眼说："老师，你走了我们怎么办啊？我们想你的时候怎么办啊？"

同学们在谢晓君的劝导下慢慢安静下来，这时谢晓君却发现，教室后排的一个位置空着。那是旺姆，和白玛一样，也是一个非常喜欢唱歌跳舞的女孩。

谢晓君问："旺姆怎么没有来，生病了吗？"

有同学回答道："谢老师，旺姆知道你要走，就躲在寝室里一直哭，不肯来上课呢。"

谢晓君一惊，连忙安顿好学生，让他们自习，然后赶到二楼的女生宿舍，来到了旺姆的房间。

谢晓君看到旺姆伏在桌上，轻轻地抽泣着。她抱住了旺姆说："旺姆，你为什么不去上课呢？你是舍不得老师离开吗？"

旺姆紧紧地依偎着谢晓君，将头死死地埋在谢晓君怀里，伤心地说："是的，老师。他们说你要走了，要离开我们了，这是真的吗？"

谢晓君努力控制着情绪，安慰旺姆说："旺姆，你放心，老师还会回来看你们的。我只是暂时离开，胡老师还在啊，他会一直关心你们的。"

旺姆依然情绪激动，哭个不停。

"旺姆，来，咱们唱首歌吧。"谢晓君对旺姆说。

西康福利学校的孩子们在成都市人民公园

153

雪

山

并

蒂

莲

谢晓君用手轻轻地打着拍子，唱起了她曾经教同学们唱过的一首歌，李叔同填词的《送别》：

　　长亭外古道边，芳草碧连天
　　晚风拂柳笛声残，夕阳山外山
　　天之涯地之角，知交半零落
　　一瓢浊酒尽余欢，今宵别梦寒
　　……

谢晓君轻轻唱起歌的时候，旺姆慢慢停止了哭泣，也跟着谢晓君哼了起来。柔婉的歌声在宿舍里回荡，飘出了窗外，飘向了遥远的天边。

　　安抚了旺姆的情绪，也到了下课的时间。谢晓君回到教室，让学生们下课，然后独自回到宿舍，坐在那里发呆，想清理自己纷乱的思绪。这时，门外响起了敲门声。谢晓君有些诧异，走过去打开门，看见旺姆站在门外，似乎有些不安地捏着衣角。

　　"有什么事吗，旺姆？"谢晓君温和地说，"告诉老师，老师会帮助你的。"

旺姆抬起头，用明亮的大眼睛望着谢晓君说："老师，你走了我会想你的，你能不能把你的照片送一张给我。我想你的时候，可以看看照片。"

谢晓君心中一酸，差点哭出来，但努力平复自己的情绪，说："好，旺姆，你等一下。"谢晓君转过身去，在抽屉里翻出了一张自己的标准照，送给了旺姆。

旺姆拿到照片，脸上露出开心的笑容，朝谢晓君鞠躬道谢，高兴地离开了。

谢晓君关上房门，重新坐了下来。

可是几分钟后，敲门声又响起了。谢晓君打开房门，这次，好多孩子都拥在了她的房门口。他们知道旺姆拿到了谢晓君的照片，于是都跑来向她讨要。几分钟的工夫，十几张标准照就送完了。

离别的日子终于还是到来了。

再见了，塔公草原。再见了，西康福利学校可爱的孩子们。

在孩子们的泪光中，在胡忠深情的注视中，在学校其他老师同事们的祝福中，谢晓君离开了她耕耘三年的西康福利学校和与她朝夕相处的100多名孩子。她带走了孩子们的思念，带走了孩子们的歌声和欢笑。

第十八章

回去！我要回到高原！

2006年8月，谢晓君在塔公西康福利学校三年支教期满，回到了成都，重新过上了一个都市人的生活，恢复了成都石室联中教师的身份。

与塔公草原相比，成都是一个完全不同的世界。

几年没有回来，成都似乎变得更为繁华，许多地方翻修一新，高楼大厦拔地而起，人们的物质生活水平也提高了许多。

在这里，谢晓君再也没有繁重的工作负荷了，也没有停电和寒冷的困扰了。现在，她可以安安稳稳地睡一睡懒觉，晚上回家的时候，父母也会为她准备好热气腾腾的饭菜。

可是，谢晓君却觉得自己已经变得不能适应都市的生活。时间过得是那样的慢，时间变得是那样的多。生活太轻松，太舒适，太享受了，而生命的意志却在消磨。

这是刚回成都后谢晓君的强烈感受。

成都的一切都很好，领导好，工作好，孩子好，家长好，当名校班主任的感觉更好。可是在享受这一切的同时，谢晓君的内心却有一种浓浓的愧疚和失落。每当空闲下来的时候，她的面前就会浮现出福利学校那些孩子期望的双眼。她没有陪伴在那些孩子的身边，孩子们过得好吗？他们的学习有进步吗？孩子们还会为想念老师而流泪吗？

到了夜深人静的时候，谢晓君发现自己竟然难以入眠。在塔公草原早已没有了的失眠的困扰，现在又重新回来了。

宝石般晶莹的蓝天笼罩大地，柔和厚实如棉花般的白云绵延无际，平缓起伏的草原如巨大的绿色地毯，落日余晖下闪着金光的木雅金塔，夜色中塔公寺墙头点燃的一盏盏酥油灯，草原上如鱼儿一般徜徉的牦牛，镇子旁清澈潺潺的河水，枝干柔弱但生命力顽强的格桑花，草原上翱翔的雄鹰，那里的一切，都让她魂牵梦萦，时刻在心中浮现。

回塔公草原去，回到孩子们身边去！一个声音时时在内心响起。

159

一天，谢晓君收到高原孩子们寄来的信，里面是用格桑花做成的五颜六色的书签。孩子们在信中问候谢晓君：

"谢妈妈，我们想您！"

"谢妈妈什么时候回来啊？"

谢晓君不觉动容了。这样的话语，让她更加牵挂草原的孩子们，每次读这些信，谢晓君都会暗自落泪，想回到塔公去。

谢晓君永远忘不了她离开塔公时的那一幕，孩子们将她团团围住，追着问她："老师，你什么时候回来？"

那时，谢晓君害怕孩子们失望，于是宽慰大家说："放心吧，老师很快就会回来。"

可是现在，她许下的诺言，什么时候才能兑现呢？

谢晓君眼前浮现出孩子们期待的双眼，内心涌动出一种歉疚和失落。她暗自问自己："在成都，我是享受到了好的生活，可是那些孤儿呢？"

谢晓君的内心在焦虑和挣扎着。

虽然如此，谢晓君还是认真地做着在石室联中的教学工作。她担任班

主任的初一七班的学生们同样非常可爱，同样需要她的帮助和引导。可是和西康福利学校的孩子们相比，谢晓君觉得，西康福利学校的孩子们更需要她。

谢晓君终于想通了，如果她离开石室联中，一定会有更优秀的老师来替代她，来填补她的空缺，而且这里的孩子们一定不会因为她的离开而失去什么，他们同样能受到很好的教育。

但是，在塔公草原就不同了。

我应该到最需要我的地方去！

回去！我要回到高原，回到孤儿们的身边！

这样的想法越来越明确，越来越强烈。

终于，谢晓君给丈夫打了电话，告诉了胡忠自己的想法。

电话里，胡忠给予谢晓君完全的理解和支持，而且还告诉谢晓君，她走了之后，很多孩子都很失落，也很想念她，孩子们期盼着她能早点回来。

但是她和丈夫还有另外一件事放心不下：他们的女儿胡文吉现在已

经六岁了，到了要上学的年龄。女儿的上学问题，成了夫妇俩心中的一件大事。

2003年谢晓君带着女儿到塔公草原支教的时候，母亲就非常生气。谢晓君要去支教，母亲没有意见，但是要把外孙女带过去，让三岁的孩子到塔公草原去受那种苦，谢晓君的母亲却不忍心。

母亲最后还是妥协了，毕竟胡文吉还小，无法离开父母。

谢晓君在塔公草原三年，胡文吉也在塔公生活了三年。谢晓君知道自己和丈夫将女儿带在身边的决定没有错，女儿在这里身体变棒了，不再像小时候那样动不动就生病。

这次谢晓君带着女儿胡文吉回到成都，让谢晓君的父母心疼极了，变着花样想宠爱外孙女，想补偿外孙女在塔公所受的苦。

可是外公外婆也不得不承认，胡文吉和同龄的成都孩子相比，身心都更为健康。

虽然胡文吉小小的脸蛋上还留着塔公草原强烈的紫外线照射出的高原红，但身体却比以前健康和结实了很多。而且外孙女又特别乖，特别懂事，特别有礼貌，还会给外公外婆端茶倒水。当胡文吉甜甜地叫着"外公、外婆"的时候，他们的心里真是乐开了花。

胡文吉在塔公三年，虽然没有读幼儿园，可是她学到的文化知识一点不比城市里的孩子少。还没有上小学，胡文吉已经认识很多字，会做加减运算，会汉语拼音，会背许多古诗，还跟着藏区的孩子学会了日常使用的藏语。

现在摆在谢晓君和胡忠面前的难题是，如果谢晓君继续到塔公支教，也让胡文吉到藏区上小学吗？

胡忠和谢晓君商量过很多次，谢晓君认为胡文吉如果在塔公上小学，会给她带来一种特殊的经历，一定会有利于女儿的成长。

让女儿到藏区上小学，胡忠有一丝犹豫。但谢晓君却更为坚定，想法更为明确。她提醒胡忠说："我们既是老师，又是父母，教自己的娃娃，我们信得过呀。娃娃成长中遇到问题，我们能及时引导，她亲情方面不会欠缺。我们是普通家庭，孩子吃点苦没什么。相反过早把娃娃丢到糖罐子里还可能出问题，假如有一天我们要求她到高原陪我们一段时间，你突然让她吃苦，她无法习惯，那时我们咋办？"

"我选择来这里，就是选择了一种责任。带着孩子来这里，更是为了一种责任。我要让孩子从小看到自己的妈妈在做什么，让妈妈的行为影响到她，在她幼小的心灵里种下爱与责任的种子，这是对孩子最好的教育！"

谢晓君的提醒让胡忠最后也下定了决心。但是，这样的决定在外人看来是有点难以理解甚至是疯狂的，而且外公外婆一定不会答应，谢晓君要先做好父母的工作。

163

谢晓君的父母每天晚上都要做一桌可口的饭菜，可是他们却发现自己的女儿好像有什么心事，每顿饭只吃几口就放下碗筷，然后回自己的房间，发起呆来。

　　母亲知道女儿有心事，而且也大概知道女儿的心事是什么。一天晚上，她走进了女儿的房间。

　　谢晓君终于将自己的想法和盘托出。她告诉母亲，她一定会再回塔公去的，她离不开那里，那里的孩子也离不开她。

　　母亲去过塔公，见到过那些可爱的孩子，她对女儿的这些想法现在也能够理解，可是谢晓君提出要将胡文吉也带到藏区上学，母亲却不同意。

　　母亲说："你让女儿待在那样的地方，能学到什么文化知识？"

　　谢晓君流着泪，却坚持要把女儿带在身边。她对母亲说："孩子一定要跟着我，虽然那里苦一点，但要让她去经历。"

　　母亲没有再说什么，只是陪着她一起流泪。

　　这时，一个机会出现在谢晓君的面前。

　　西康福利学校成立以来取得的令人瞩目的成绩，得到了全社会的认可和赞许。

　　那些没有亲人照顾的孤儿们，那些没有文化、野性十足的放牛娃们，通过学校教育，德智体全面发展，有文化，懂礼貌，巨大的变化让人有目共睹，让当地的藏民们赞叹不已。

　　原来的藏民觉得学习没有什么用，最多是认识几个字，能够记账，可以帮助家里买卖牛羊。现在他们才发现，文化和知识真的能改变孩子们的人生和命运，越来越多的藏民希望把自己的孩子送到福利学校接受教育。

　　为了让更多边远地区牧民家庭的孩子能够接受良好的教育，2006年4月，经康定县人民政府批准，另一所福利性质的寄宿制学校——康定县木雅祖庆学校成立了。

木雅祖庆学校设在康定县塔公乡的多饶嘎目村，离塔公镇大约17公里。这所学校计划招收塔公乡16个牧民村和瓦泽乡6个农民村的贫困生600多名，让这些学生能够顺利完成国家九年义务教育。与西康福利学校的二类教学不同，木雅祖庆学校将进行一类教学，是一所以藏语为主的学校。与此相应，学校在生活方面也会采用藏区的生活模式，希望把孩子培养成为既能掌握现代科学技术知识，又能继承本民族的传统文化、适应本地区建设和发展需要的有用之才。

木雅祖庆学校的校长德吉央宗就是从西康福利学校调过去的藏族老师。谢晓君、胡忠和德吉央宗在西康福利学校是同事兼战友，彼此已经建立了深厚的友谊。

得知谢晓君一心想再次回到塔公草原，为藏区的孩子们奉献爱心，德吉央宗向谢晓君发出了邀请。

木雅祖庆学校的孩子们在户外活动

现在，西康福利学校的一切教学工作已基本走上正轨，而新成立的木雅祖庆学校还得一切从零开始，非常缺乏师资力量，那里有更多的藏区孩子需要像谢晓君这样优秀的志愿者。

2006年9月1日，木雅祖庆学校正式开学。尽管校舍全是临时活动板房，条件非常艰苦，但那里却汇聚了老师和孩子们的共同希望。

得知这一消息，谢晓君决定去木雅祖庆学校当老师。这一次她的身份并不是由成都石室联中派驻的支教老师。谢晓君这次铁了心，要正式调到康定工作。

决心已下。为了减少父母的担心，谢晓君隐瞒了自己调动工作这件事情。

经过多方努力，谢晓君的工作调动得到了康定县教育局领导的支持。

谢晓君还记得那次她去办理调动手续的场景。

给她办手续的工作人员很纳闷，不解地问道："为什么坚持去那么偏远的地方，是不是爱上了那里的小伙子？"

谢晓君忍不住笑了，开起了玩笑："差不多，不过我是爱上了那里的一大群人。"

2007年2月，谢晓君正式成为康定县塔公乡木雅祖庆学校的一名汉语教师。

谢晓君暗暗告诉自己，要在草原上坚守一生。她坚信自己这样做是在继承一种理想，是在承担一名教师的职责。

而且，谢晓君最终说服了父母，将此时已经七岁多的胡文吉一起带着去了木雅祖庆。胡文吉成了这所学校三年级的学生。

第十九章

木雅祖庆学校

身着藏式校服的学生们

再次回到草原，谢晓君的心情豁然开朗。新的生活，新的人生，新的挑战，新的风景，再次展现在谢晓君的面前。

谢晓君写下了她再回塔公的心情：

"高原是太阳的故乡。高原的阳光真的很美，美得像长满翅膀的油彩在山林与谷地间肆意地涂抹，浓重而斑斓的自然色彩，让人目光所及无不成画；高原的天空真的很蓝，蓝得像深广的大海，大海翻起的浪涛就是那片片如哈达般随风飘舞的云絮，因为天空离地太近，那浪涛般的云，似乎随时都会顺着阳光流落下来。我将在高原上坚守，我坚信我是在承继着一种理想，我在承继着一名教师应尽的职责——一切为了孩子，为了孩子的一切！"

多饶嘎目位于康定县西北，塔公镇西南，距塔公镇17公里。

这是一个吉祥的地方，这里流传着许多古老的故事。

相传1000多年前，格萨尔王曾带部队驻扎在这里，现在还能找到当年格萨尔王在此地留下的遗迹。在多饶嘎目的北面，是海拔5800多米巍峨高耸的雅拉神山，而它的东面则是雅拉神山山系组成部分之一的雅姆雪山。

雅姆雪山是雅拉神山山系中另外一处终年积雪的雪山，海拔5324米。当地藏民流传着一种说法，说雅姆雪山是雅拉神山的妻子。

木雅祖庆学校就在雅姆雪山的脚下。

虽然谢晓君和胡忠同处塔公草原上，可是他们却暂时分居，一人在塔公镇，一人在多绕嘎目村，分别背靠着雅拉神山和雅姆雪山，遥遥相望。

木雅是地名，祖庆在藏语中是圆满的意思。

谢晓君希望自己也要在这里成就人生的圆满。

她缓缓登上一座小山包，看着宽阔的牧场被群峰环绕，甘泉在草场间流淌，天空纯净湛蓝，袅袅的炊烟轻盈地飘荡，隐隐听到牧歌在草原上响起，她觉得自己找到了心灵中的圣地。

离开繁华的都市，她没有任何的遗憾和失落，内心充满了从未有过的满足和充实。

虽然已经有心理准备，但是生活中的困难还是远远超出了谢晓君的想象。

建校初期，一切只能因陋就简。木雅祖庆学校招收了600多名学生，四排活动板房就是他们全部的教学和生活场所，还有一座白色的帐篷，兼做办公室和活动室。

习惯了家庭生活的谢晓君，现在又重返集体宿舍，和其他四个老师挤在一起。而胡文吉也和其他孩子一样，没有享受到任何的特殊待遇，住进了学生宿舍。

学校设施简陋，被当地人戏称为"板房帐篷学校"。

和谢晓君同住的四位女老师，有三位都是刚毕业不久的大学生。

谢晓君1995年从四川音乐学院毕业，已经有12年了，她没有再住过集体宿舍。突然又住进五人宿舍，一开始谢晓君真的有些不习惯。但是，她很快就喜欢上了这样的集体生活，似乎又变得年轻了，好像回到了大学时代。

同宿舍五个人性格相似，兴趣相投，很快就成了最好的姐妹。一到晚上，她们聚在宿舍里，叽叽喳喳地说着话。谢晓君重温当年上大学时女生宿舍的美好记忆，和其他老师相处得很好、很团结，宿舍里有什么事情大家都抢着做，相互帮助，不分你我。

早春二月，成都平原上已经能够感受到春天的温暖，但这里却依然是寒冷的冬天，严寒没有一丝一毫的消减。

又一场大雪不期而至，厚重的阴云笼罩着天空，天地间白茫茫的一片，寒风夹着雪花凛冽地吹着，没有一点要停下来的样子。

冬天的夜晚最是难熬。

一间小小的寝室，放着五位老师的床，谢晓君睡在门边的那张床上。门是由两块铁皮做成的，根本起不了保暖的作用，室内的温度并不比外面高多少。即使在西康福利学校，谢晓君也从来没有觉得冬天有这么冷过。晚上睡觉的时候，她要垫4床垫子盖4床被子，还要开着电热毯到天亮，才能抵御高原的严寒。这里的环境实在太恶劣了。

雪下了一夜，到了早晨终于停了下来，地上已经铺满了厚厚的积雪。

早晨6点，一阵清脆的闹铃声在女老师的宿舍里响起。

谢晓君从香甜的睡梦中醒来，从温暖的被窝中伸出手来，将床头的闹

第十九章

铃关了。

"好冷啊。"

被窝里的温暖和外面的寒冷形成了强烈的对比，简易板房薄薄的墙壁，根本抵挡不住寒气的侵袭。

寂静的校园里，亮起了第一盏灯。

谢晓君和其他几位女老师穿好衣服下了床。

寝室门刚一打开，夹着雪花的寒风就迎面扑来，让谢晓君不由得打了一个寒战，她将身上的红色羽绒服拉得更紧，努力地将衣领拉高。

早晨起来，水都被冻得结了冰。谢晓君只好拿出干毛巾，兜了点积

雪，在脸上胡乱地抹了几把，冻得干硬的毛巾抹在脸上，皮肤也被磨得生疼。

学校的三餐都是师生同吃一锅饭，每一餐都是饭菜混煮。天气好的时候，大家就在草地上吃饭；天气不好的时候，孩子们回各自的宿舍吃，老师们则在帐篷里用餐。

打饭的地方离帐篷有200米远，平时五个老师轮流值日。这一天是星

谢老师穿上藏装，与支教的青年教师在一起

期五，轮到谢晓君去食堂打饭了。

谢晓君裹紧了衣服，戴上了两层风雪帽，厚厚的围巾把嘴巴和鼻子包得严严实实，只露出了两只眼睛。200米的路程，谢晓君一步三滑，走了好久。

早餐很简单，就是稀饭、馒头，还有鸡蛋。

吃过早饭，谢晓君连忙往山坡上的板房教室走去。

零下十来度的低温，已经将脚下的积雪冻得坚硬溜滑，谢晓君不得不小心翼翼地慢慢走着。

6点半，早自习的铃声已经响起，谢晓君和孩子们都进入了教室。

孩子们大声喊道："格拉，格拉（藏语老师的意思）。"

谢晓君微笑着看着孩子们，带着他们在寒冷的早晨开始了早读。

孩子们清脆的读书声飘向窗外，飘到了草原的各个角落。

也许是孩子们的读书声将草原唤醒了，草原的天空慢慢变得明亮起来。金色的霞光在天边渐渐出现，朝阳缓缓从远处的雪山上升起，在草原上洒下了一层金辉。山坡下，牧民的帐篷外也升起了炊烟，他们开始了一天的生活。

现在，天上的阴云已经散去，最后一丝飘动的雪花也不见了踪影。

草原上迎来了灿烂而美丽的一天。

熬过了草原滴水成冰的漫长冬季，春季的雨水又给板房里的老师带来了另一种考验。

一天晚上，老师们都睡得很沉，繁忙的工作让她们实在疲倦极了。谢晓君做起梦来，她梦见下雨了，清晰地感觉到冰冷的雨点打在她的额头上，而且还有滴滴答答的雨声。太过疲倦的谢晓君依然没有睁开眼睛，继续睡着。她只是心里奇怪，为什么这个下雨的梦会做得如此的真实。

雪山并蒂莲

直到她猛地惊醒，看到被打湿的枕头和自己湿漉漉的脸，这才知道，那并不是一个梦。原来夜里下起了雨，板房漏雨了。

从此以后，只要一碰到下雨的天气，谢晓君就会放几个碗在床头，再用塑料布蒙住屋顶漏雨的地方，虽然这样不能完全解决漏雨的问题，但起码雨水不会直接滴到脸上了。

很多的夜晚，谢晓君就是这样，听着外面的雨声和屋内滴滴答答的漏水声进入梦乡。

刚到多饶嘎目的时候，还有一件事情让谢晓君为难。

洗澡是板房学校的一个大问题，木雅祖庆学校虽然从不缺水，但是学校里却没有盥洗室，更没有淋浴设施，要洗澡只能到板房宿舍里关好窗户，自己用盆儿、桶儿洗。三个月洗一次澡很正常，一个月洗一次算是奢侈。

艰苦的环境和条件下，谢晓君只能将就。冬日里滴水成冰，要想洗一次澡那要费很大事，弄不好还会感冒生病。

夏天要好一些，学校将溪水分段，供男女生分开使用，洗衣洗澡的问题就都解决了。即使是在夏天，那溪水的寒意，总会让人有掉入冰窖的感觉。

恶劣的气候，艰苦的生活，繁重的工作，体质本来就弱的谢晓君时常会觉得有些吃不消。

第二十章

艰苦中的浪漫和诗意情怀

对于多饶嘎目村来说，一眼能望得到尽头的塔公镇，已经算是一种了不起的繁华。

4月的草原虽然已经到了初春，但也是一年中风沙最大的日子。积雪消融之后，草原的土地逐渐变得干燥，还没有长出新芽的枯草蜷缩在一起，遮盖不住地上的黄土和沙砾。大风一刮，漫天的黄沙就会扑面而来，让人无法躲避，天地之间苍茫一片。木雅祖庆学校简陋的板房，难以抵挡高原风沙的肆虐和入侵。

虽然已经有在西康福利学校三年的生活经历，但到了多饶嘎目，谢晓君却不得不再次适应更为严酷的环境。

第一场黄沙吹起的时候，肆虐的沙尘就给谢晓君留下了深刻的记忆。

那一天，谢晓君已经上完下午的第四节课，准备回寝室休息一下。虽然她戴着帽子包裹着围巾，但从教室到寝室短短几分钟的路程，谢晓君的衣服上就落满了沙土。早晨才换的衣服，现在已经和地面颜色差不多了，脖子里、脸上、头发里也满是沙子。

在寝室门前，谢晓君解开围巾、取下帽子，拼命地扑打着身上的沙土，打开寝室的门，发现床上已经铺着一层薄薄的黄沙，空气中弥漫着沙尘的气味。

这种情况，就是在西康福利学校也没有遇到过。

如果是在另一个时间另一个地点，谢晓君一定会马上将床单换掉，一切都弄得干干净净。

但在这里，谢晓君迟疑了。看着窗外灰蒙蒙的天空，看着板房墙上漏风的缝隙，谢晓君只能叹息。一天辛苦的工作已经让她非常疲惫，她就这样不顾一切地倒头就睡——因为她知道，即使将房间弄干净，不到半个小时，一切又会恢复原样。

与西康福利学校的支教生活相比，这里的教学难度更大，这里的孩子大多都听不懂汉语，入学年龄差别更大。

37个超龄的学生编成了一个特殊班，和三年级的一群娃娃一起成了谢晓君的学生。

为了把这些特殊的孩子教好，她花了更多的精力去备课。孩子们听不懂谢晓君说的汉语，教他们读课文时有的孩子连读的地方都找不到。谢晓君讲段落大意时，孩子们更是一头雾水，丈二和尚摸不着头脑，不知老师在说什么。看到这种情况，谢晓君只能改变教学方法，用手比画，先教孩子们学会汉语拼音。

让谢晓君感到欣慰的是，多饶嘎目村的孩子们都特别尊敬老师，有着特别强的求知欲，上课时都非常专注地听讲，努力配合着老师一点一点地学习。经过不懈努力，谢晓君总算让孩子们学会了汉语拼音。

接下来汉字和词语又成了一个更大的障碍，谢晓君挖空心思变着花样，用草原上孩子们所熟悉的事物组成词语造句。

雪山、草原、牦牛、帐篷、酥油、青稞，一字一字，一句一句，谢晓君带着孩子们反复记诵，变着法子创造语境，帮助孩子一点一点进步，一点一点积累。

由于特殊班的孩子大多不懂汉语，所以各科学习压力都很大，谢晓君就尽可能地利用课堂时间，提高课堂效率。她总是提前到教室，把课文板书到黑板上，并在他们陌生的汉字上标注拼音，这样课堂上就可以多一点时间练习认读了。

上课时，谢晓君把孩子分成多个小组，一个能听懂汉语的学生做组长，带两个听不懂汉语的同学。她先让组长教组员初读课文，然后指着黑板上的课文，让同学们"开火车"读词语和句子，让他们能够找准地方；

然后再逐句教读课文；等学生能把课文读通读顺后，再讲解意思，并请组员归纳课文大意。这样讲下来，全班孩子对汉语课都很感兴趣，因为他们觉得，每一节课都能听懂而且有收获。

在教学过程中，谢晓君还常和孩子们交流学习心得，以便不断改进教学方法。

谢晓君发现，孩子们都很努力。第一个学期结束，她教的这些特殊学生，居然学完了两本教材，而谢晓君每周的课程也达到了36节。

一年下来，班上八成的同学能够在课堂上听懂老师的讲课，并能理解课文大意，基本达到了教学大纲的要求，这些成绩使谢晓君感到很欣慰。

工作很繁忙很劳累，一天下来，她能喝下一暖壶水。因为板房教室隔音效果很差，一位老师上课，前后几间教室的学生都能听得清楚。在上课的时候，谢晓君只有提高音量，更大声地说话，才能让孩子们保持专注，几节课下来谢晓君的声音会变得有些嘶哑。

　　太累了！每天的教学任务完成之后，谢晓君都要先回寝室休息一下，因为晚上还要备课，上晚自习。最后她还要照看孩子们回到寝室，等孩子们入睡，自己才能回去休息。

　　有一天，谢晓君巡查完孩子们的宿舍，回到房间已经是晚上12点了，她感到太冷太疲倦，给自己泡了一杯热茶，坐在床上。床上有电热毯，同寝室的老师已经帮她插上了电，暖暖的，精神松懈下来的谢晓君顿时感到了浓浓的睡意。

　　也许是因为每天都这样熬夜，也许是因为谢晓君太疲倦，她竟然就这

谢老师的公开课

样双手端着茶杯不知不觉睡着了。

她睡得很沉，曾经困扰她的失眠，又被抛到九霄云外去了。

等她醒来的时候，发现已经是第二天早晨5点多钟，是应该起床准备早自习的时间了。她这才发现自己衣服都没有脱，就这样和衣而卧，睡了一夜，茶杯还拿在手里，只是茶水都洒在了毯子上，已经被电热毯烤干了，而毯子上还留着一大片茶渍。

老师们都很疲倦，大家都睡得非常香甜，竟然没有人发现她就这样睡了一夜。

想想自己竟然睡得这么死，这么的大意，谢晓君自己都笑了。

是的，这样的日子可能让自己很辛苦，但她却倍加珍惜。这么多年了，谢晓君从来没有觉得生活是这么的有意义，她感谢命运的安排，让她能够有机会体验这样的一种生活，让她获得了一种全新的人生。

天气逐渐变暖，春回草原。5月，多饶嘎目草原换了新装，露出它柔情似水的一面来。

野草茂盛地生长，草原如同铺上了一层厚实柔软的草毯。野花竞相开放，一直绵延到天边。

阳光变得和煦而热情，朵朵的白云在天空中飘荡，牦牛们悠闲地在草坡上漫步游荡。

胡忠依然坚守在西康福利学校的工作岗位上，现在他已经正式成了学校的校长，肩上的担子更重，责任更大，工作也更加繁忙。

虽然塔公镇离多饶嘎目村只有17公里，但胡忠和谢晓君夫妇二人往往要一个多月才能见一次面。平日里夫妻二人，还有成都的家人，只能打电话联系，互报平安。

刚到多饶嘎目村的一年半时间里，和家人联系很不方便，因为当时手

雪山并蒂莲

机信号还不能覆盖位于山谷中的多饶嘎目村，谢晓君每一次打电话都要到离学校一公里以外的山顶上去打。

于是，每个周末的中午，学校的老师和孩子们都会看到谢晓君踽踽独行，深一脚浅一脚地爬山。

谢晓君选择在中午的时候爬上山坡去打电话，还有一个原因——多饶嘎目位置较为荒僻，时常有野狼出没，威胁着人畜的安全。野狼生活在雪线附近，从那里步行到木雅祖庆学校也不过两个小时。野狼一般都在黄昏和晚上出动，中午的时候，它们不会出现。

学校外面最近的那个山丘，看上去并不是特别的远，但是这段路程，谢晓君光是上山就要用一个多小时。

高原的山丘，看似平缓，但行走起来却相当艰难。冬天里冰雪覆盖溜滑难行就不说了，夏天里被雨水浸泡的松软草地，一脚踩下去就是一个泥坑，一不小心还会摔上一跤。

然而，艰苦的生活中同样有幸福和浪漫的诗意情怀。

每当谢晓君艰难地爬上山顶，环顾四周，极目远望，心情也会变得明朗起来。

正午热烈的阳光之下，草原的美景尽收眼底，近处的雅姆雪山，远处的雅拉神山，更是清晰可见。

那一刻，谢晓君为眼前的美景而迷醉。

那一刻，她可以舒服地躺下来，躺在柔软的草地上，静静地享受阳光的热烈和温情，然后拨通电话，在蓝天、白云、大地、青草之间，大声地和亲人们交流工作和生活的感受。

那一刻，谢晓君觉得自己真的沉浸在幸福中了。

第廿一章
比格桑花还要灿烂的笑容

木雅祖庆学校要举办六一儿童节庆典活动的消息早已在塔公草原上传开了。

　　这里牧民的特点是只要一有活动，就会举家参加，更别说是他们自己的孩子们的节日盛会了。另外，康定县教育局的领导也要来和孩子们一起过节，所以学校对这次庆典活动非常重视，而组织排练这次盛会的任务就落在了谢晓君身上。

　　在木雅祖庆学校，谢晓君不仅教汉语课，还是学校的大队辅导员兼音乐老师，被委以重任，当然是顺理成章的事情。

　　谢晓君更加忙碌了。不做则罢，要做就一定要做好，这是谢晓君心中的信条。

　　这次庆典活动，有一个很隆重的少先队入队仪式，50多个学生要在那一天加入少先队。仪式开始时，全校要齐唱《中国少年先锋队队歌》。这件事如果是在大城市，当然是一件非常简单的事情。但是在这里，刚刚成立的木雅祖庆学校，很多孩子连汉语都不会说，对汉语歌词就更不熟悉了。

　　时间紧迫，一定要让每个孩子都能流利地用汉语唱这首歌。谢晓君托人去塔公乡上网下载了《中国少年先锋队队歌》，每天利用课间和午后的时间，在学校的大喇叭里反复播放。

　　就这样，一个多星期之后，孩子们对歌曲的旋律就非常熟悉了，对歌词的内容也有所了解。接着，谢晓君就利用课外活动的时间，两个班两个班地轮流教唱。

　　那一段时间，从一大早开始，一直到深夜，她都像上满了弦的发条，不停地高速运转着。每天一大早要起来带孩子们早读，早读之后吃完早饭要改作业，接着是上两个班的汉语课。中午，再教孩子们跳舞。下午上完课后，在第二课堂时间，赶紧将语文书换成电子琴，教孩子们唱歌。

就这样，大约经过了三个星期的努力，全校大多数的孩子终于学会唱少先队队歌了。

那些日子里，谢晓君在学校周围的草地上、走廊上、开水房里，随时都能听到孩子们唱"我们是共产主义接班人"。

现在，辛苦的付出得到了回报，谢晓君心里美滋滋的。

为了让六一儿童节的庆典活动办得更好更有气势，校长德吉央宗和谢晓君商量，希望谢晓君能为孩子们编排一个400人的大型舞蹈。

400人的舞蹈？谢晓君有点犯难了。不过，看到德吉央宗校长殷切的眼神，她还是咬牙接受了。

选用什么样的曲目来伴奏呢？想来想去，她觉得应该培养孩子们对祖国的热爱之情，于是她选中了《祖国，你好》这首歌曲。她觉得这首歌节奏欢快活泼，很适合孩子们演唱和舞蹈。

谢晓君将自己关在办公室里，精心地构思和编排起来。

开心的学生和家长

当她创作完成之后，接下来的事情就是要将她的这些想法教给孩子们。可是要400人一起跳舞，真的很难啊。这些孩子绝大多数都在10岁左右，而且从来没有接受过正规的舞蹈训练，时间又是这样急，还有一个多星期就要到儿童节了，怎么办？

谢晓君正在苦恼的时候，同宿舍的女老师们却异口同声地对她说："我们来帮你。"

姐妹情深，谢晓君一下子有了信心。

当天晚上，老师们一下晚自习就来到教室里，跟着谢晓君学习舞蹈动作，她们一起跳到了11点过。

第二天，谢晓君和女老师们一起带着400名孩子在草原上训练了起来。

老师们分班教孩子们基本动作，等他们掌握之后，谢晓君就指挥全体学生反复练习。

高原上气候变化无常，虽然已是初夏，但有一天竟然又下起了雪，寒风夹着雪花，吹得人脸上生疼。

望着草原上不时翻动的雪花，其他老师都问谢晓君："还练不练？"

谢晓君有些犹豫了。

但是时间太紧了，一个多星期之后就要表演，没有时间再耽搁了。谢晓君咬了咬牙，说："练！"

老师又去征求同学们的意见，同学们热情高涨，他们知道时间很紧，所以都毫不犹豫地回答："练！"

为了阻挡风雪，谢晓君戴了一顶鸭舌帽，不料在教舞的时候风太大，帽子被风吹跑了。谢晓君跑去捡，但刚刚戴上，又被风吹跑了。

如此这般折腾了好几次，谢晓君看到400个孩子等在风雪里，她将心

雪山并蒂莲

谢老师为学生的表演伴奏

第廿一章

一横，丢掉了帽子，似乎也丢下了思想负担，她发现这样教孩子们跳舞使她变得更为轻松。

就这样，她带着孩子们在风雪里练舞。寒冷都被抛在了脑后，他们忘情地跳着。

一天的排练结束，谢晓君发现自己一身都被汗水湿透了，但此时她心里却觉得异常轻松，异常高兴和满足。

数天的排练下来，谢晓君常常觉得脸上异常干燥，回到宿舍照镜子，这才看见自己的皮肤已经变得非常粗糙，但她已经想通了，也就不在乎了。

在孩子们热切的期盼之中，木雅祖庆学校第一个儿童节终于来到了。

学校的600多名学生和来自西康福利学校的100多名孩子，一起在多饶嘎目草原上欢聚。

孩子们穿上了学校为他们准备好的民族服装，蹦着跳着笑着闹着，共同欢度节日。

同样穿着盛装的藏区牧民们，骑着马儿，从草原的四面八方赶来，观看孩子们的庆典活动，与他们一起分享节日的喜悦。

在庄严的国歌声中，五星红旗在草原上冉冉升起，孩子们大声唱着国歌，心中充满了自豪、幸福和喜悦。

在少先队队歌唱起的时候，少先队入队仪式开始了，50多个学生在这一天加入了少先队。

还有一些成绩优异的孩子，得到了学校的嘉奖，列队走向主席台，从校长和老师的手里接过奖状，脸上露出比格桑花还要灿烂的笑容。

接下来是孩子们的文艺演出，舞蹈、独唱、合唱，还有诗朗诵，精彩纷呈的节目让人目不暇接。

开场就是谢晓君指挥孩子们表演大型舞蹈《祖国，你好》。

热情奔放的锅庄配上欢快激昂的乐曲，宽广的草原上，400名学生整齐地跳起舞来。舞蹈进入高潮，400名学生举起双手，用手掌和十指做出花瓣的样式，一圈圈地围起，由低到高，400名同学拼成一朵巨大的花朵。

人们都看出来了，那是格桑花——草原上像孩子们一样幸福和吉祥的花朵。

喝彩声和掌声，此起彼伏。

接下来还有英雄史诗《格萨尔王传》的表演。

孩子们扮演草原上的骑手，努力展现矫健的舞步、英武的体魄，虽然孩子们的动作都还显得稚嫩，但观众们都报以热烈的掌声。

在队旗下宣誓

然后是女声独唱。"演唱者：西康福利学校，白玛；演唱歌曲：《青藏高原》。"当主持人响亮地报出节目时，谢晓君不由得使劲地鼓起掌来。曾经围在她身边跟着她学习唱歌的白玛，现在已经长大了许多，成为一个非常漂亮的藏族少女。

　　白玛走到舞台正中，她看到了在前排教师席上就座的谢晓君。白玛忍不住向谢晓君微微点头，眼神里全是对老师的思念和感激之情。

　　白玛放开嗓子，金石一般穿云裂石的声音一下镇住了全场，所有的人都安静了下来：

　　　　是谁带来远古的呼唤
　　　　是谁留下千年的祈盼
　　　　难道说还有无言的歌
　　　　还是那久久不能忘怀的眷恋

　　　　哦——
　　　　我看见一座座山，一座座山川
　　　　一座座山川相连
　　　　呀啦索
　　　　那可是青藏高原

　　　　是谁日夜遥望着蓝天
　　　　是谁渴望永久的梦幻
　　　　难道说还有赞美的歌
　　　　还是那仿佛不能改变的庄严
　　　　哦——

我看见一座座山，一座座山川

一座座山川相连

呀啦索

那就是青藏高原

……

白玛唱完了，但那天籁一般清脆的声音似乎还在草原上空久久地回旋，人们沉浸在歌声带来的感动之中。片刻的沉默，然后就是如雷的掌声。

"这孩子唱得太好了。"许多人感叹说。

谢晓君坐在那里，眼睛湿润了，想起了往事：那些在西康福利学校的日子，和孩子们在一起的点点滴滴。看到孩子们的成长，她既激动又欣慰。

震撼心灵的演出还在继续，不仅有幸福的欢笑，还有感恩的泪水。

接下来的节目是诗朗诵。

主持人报幕："诗朗诵：《母亲》；作者：泰戈尔；表演者：西康福利学校，索朗旺姆。"

谢晓君看到一个身材颀长、相貌文静的女孩，缓步走向舞台中央。

这又是一个熟悉的面孔！她想起了那一次支教结束、离开西康福利学校的时候，旺姆红着眼睛望着她的那种期盼的眼神，心中略略有些愧疚。那时她答应旺姆一定会回来教大家。现在她虽然回到了塔公，但却没有再回到西康福利学校，因为新建的木雅祖庆学校的孩子们更需要她，她只能在心中对旺姆说声"对不起"。

旺姆向大家鞠躬致意之后，缓缓地朗诵了起来：

......

我不记得我的母亲

但当初秋的早晨

合欢花香在空中浮动

庙里晨祷的馨香

向我吹来

像母亲一样的气息

我不记得我的母亲

只当我从卧室的窗里

外望悠远的蓝天

我觉得

我母亲凝注在我脸上的眼光

布满了整个天空

旺姆动了真情，台下的人们也被旺姆深情的朗诵所传递的情绪感染，很多人默默地流出了眼泪。

泰戈尔的诗，经过旺姆真情动人的演绎，似乎说出了孤儿们的心声，也抚慰着没有亲人的孤儿们曾经受创的心灵，打动了在场所有人的内心。

从草原各地前来观看演出的牧民们，对孩子们的表演惊叹不已。他们很多人都是呼朋唤友、结伴而来的，他们要来看看送到木雅祖庆学校寄宿读书的孩子，现在是什么样的情况。今天看到孩子们打扮得如此漂亮鲜艳，有如此出色的表演，又看到久未见面的孩子健康成长，与往日牧场上的放牛娃相比，真的是有了翻天覆地的变化。

牧民们看在眼里喜在心头，孩子们不仅学到了文化知识，还开始养成了文明的习惯，成了这些牧民们心中的希望。

木雅祖庆学校儿童节的庆典活动搞得相当成功，演出整整持续了一天。

当天，甘孜州电视台还前来进行了采访报道。

看到孩子们开心的样子，看到家长们满意的笑容，听到州领导对学校的肯定，谢晓君觉得一切的辛苦都值了。

第廿二章

可怜天下父母心

谢晓君来到木雅祖庆学校的第一学年，在忙忙碌碌中结束了。

期末考试之后，老师和孩子们的心情都变得特别轻松。

阳光明媚的下午，学校的教室里传来了孩子们的欢声笑语。谢晓君则坐在办公室里，仔细地批改着孩子们的试卷。看到孩子们都有了很大的进步，许多孩子甚至已经会背诵一些简单的唐诗宋词了，她不由得露出满意的笑容。

翻看着一张张试卷，看着一个个熟悉的名字，谢晓君在一张试卷面前停了下来，似乎不敢相信自己的眼睛。

仁青扎西，她当然不会忘记这个孩子，曾经是她班上成绩最差最不听话最让她头痛的学生。

仁青扎西很聪明，但原来没把聪明用在学习上。他最喜欢做的一件事情就是恶作剧，在别的孩子背上贴纸条，揪女同学的辫子，还会在黑板上画一张大大的鬼脸。仁青扎西好动，坐不住，上课时也经常不认真听讲，只是埋着头自顾自地在书本上涂涂画画，字写得很糟糕，学习态度也不端正，对学习基本上是放弃的态度。

一开始谢晓君只是温和地指出扎西的错误，批评他时也是和颜悦色，但扎西依然我行我素，满不在乎的样子，完全没有把谢晓君的话当一回事。

在谢晓君对仁青扎西一筹莫展的时候，校长德吉央宗找到了她。在藏区土生土长的德吉央宗，对这些藏区的孩子比较了解。她告诉谢晓君，对藏区的孩子，说教不一定都管用，有时要动真格的，一定要严教严管，一定要明确告诉他们老师的要求，不要担心他们做不到。

于是谢晓君换了一种教育方法，开始盯上了仁青扎西，跟他较上了劲。

从此，每当他在学习和生活中出现问题的时候，谢晓君都会马上把他叫过来当面辅导，绝不放松。字如果写得不工整，就要求仁青扎西重写一遍、两遍，甚至十遍、二十遍，一直要写到符合要求为止。如果没有记住字词，谢晓君就会把他留下来，直到他识记过了关才放他走。

一段时间以后，仁青扎西身上的顽皮收敛了许多，慢慢变得规矩起来。他的字开始写得认真整齐，该记熟的字词和课文也都记住了，上课时也能专心听讲，很少对同学搞恶作剧了。

看着仁青扎西的变化，谢晓君暗自高兴，又有意地指派他帮着做班级的管理工作，最后还让他当了班长。

仁青扎西感受到了谢晓君真诚的关心，对眼前这个瘦弱娇小的女老师，他打心眼里服气。他从一个调皮捣蛋不听话的学生、一个全班成绩最差的孩子，变成了一个积极上进的班干部。这一次期末考试，仁青扎西竟然考了80分。

谢晓君欣慰地笑了起来，她感到自己的努力没有白费，她的工作就应该是这样，看上去枯燥乏味、重复简单，但这样的坚持，终于有了收获。

天真可爱的"高原红"

德吉央宗校长说得不错，这里学生的特点和成都的不同。高原上的孩子们显得更加率真，心里的想法总是会在脸上显露出来。他们个个都开朗豁达，艰苦和劳累对于他们根本不算什么，只要老师真诚地关心、正确地引导，对于老师的要求，他们都会努力地完成。

"孩子们遇到的困难就是我的困难。"谢晓君不由得在心中对自己说，"哪怕是同样的困难，我帮了孩子一百次，只要孩子再次需要，我会帮他们第一百零一次。"

谢晓君继续批改着考卷，但是不久，她又在一张卷子面前停了下来。

这是一份书写工整、流畅，回答准确的优秀考卷，这个学生用清秀的笔迹在姓名栏中写下了名字：曲桑拉。

"曲桑拉"在藏语里是时光的意思，为孩子取这样的名字，孩子的父母显然注入了许多的爱与祝福。

可是谢晓君看到"曲桑拉"这个名字时，除了欣慰之外，心中还有些微的隐痛。

木雅祖庆学校的600多名学生和老师，都知道曲桑拉这个学生，在其他孩子的眼中，曲桑拉和他们没有一点不同的地方。

在三年级一班里，曲桑拉是年纪最小的学生，这一年才七岁半。曲桑拉有着灿烂的笑容、明亮的眼睛，也有着与其他藏区孩子们一样黝黑的脸蛋和两块高原红。但是所有人都知道，曲桑拉还有一个汉族名字叫胡文吉。

三岁的时候，胡文吉就跟着母亲谢晓君来到西康福利学校，她在高原上长大，现在已经看不出她和其他的藏区孩子有什么分别。如今胡文吉已经会说一口流利的藏语，在三年级一班，虽然年龄最小，成绩却很优秀。

遗传了母亲音乐才华的她，歌声也非常动人。

虽然她是老师的女儿，在学校里，却没有享受到一丝一毫的特殊待遇。胡文吉和其他孩子同吃同住。在学校里遇到了谢晓君，她也只能和其他孩子一样叫老师而不能叫妈妈。

对于木雅祖庆学校里的孤儿来说，谢晓君和学校里的其他女老师是他们共同的妈妈。谢晓君担心胡文吉叫自己"妈妈"，不经意之间会刺伤这些孩子们敏感的心。

谢晓君每次和父母通电话，外公外婆最记挂的就是外孙女胡文吉。谢晓君和胡忠到这里来支教，奉献爱心他们没有意见，但一想起外孙女他们就会觉得心痛。

出生在成都的胡文吉，本来应该和大都市里的孩子一样，享受着都市的繁华，过着无忧无虑的幸福的童年生活，受到亲人们无微不至的呵护，但是胡忠和谢晓君却将她送到相对艰苦的藏区生活。

其实他们也像天下父母一样爱女儿，只是他们爱的方式不同。他们希望给胡文吉带来另一种全新的人生经历。而且他们相信，女儿最终会理解、体谅父母的苦心，女儿一定会幸福健康地成长。

胡文吉没有辜负父母的期望，在木雅祖庆学校的课堂上，她认真听课，举手发言。但是很多细微的地方，还是显出了她的与众不同。

谢晓君想起那天她上语文课的事情来。当时她正在教同学们"堡"这个字，谢晓君不假思索，顺口说出"汉堡包"这个词来。

　　"汉堡包？什么是汉堡包？"其他的同学一脸茫然，交头接耳地问道。

　　"谢老师，你不应该组这个词，同学们哪里见过汉堡包是什么样子呢？"坐在前排的胡文吉小声埋怨着谢晓君。

　　女儿的话忽然让讲台上的谢晓君心中一阵刺痛，她的内心不由得默默

胡老师与学生们在学校阳光棚内

雪

山

并

蒂

莲

说道："是的，懂事的女儿，妈妈错了。"

汉堡包、炸鸡块、薯条、可乐，那是女儿埋藏在心里对大都市繁华的记忆，那本是女儿应该享受到的。

那天晚上，谢晓君像往常一样进行临睡前的例行巡查。她来到了女儿的床前，细心地帮女儿盖好被子，然后在她的额头轻轻地吻了一下。

胡文吉微笑着，幸福地闭着眼睛，这是女儿和母亲之间特殊的默契，是只有她们两人知道的小秘密。

虽然女儿不能在同学们面前叫自己"妈妈"，虽然自己不能给女儿特殊的照顾，但每天晚上母亲都要给女儿一个轻轻的吻。这一吻，包含着母亲深切的疼爱和祝福。

谢晓君知道，自己和丈夫都对女儿亏欠太多。不过，他们也相信，女儿长大了一定能理解他们，体谅父母的一片苦心。

第廿三章

胡文吉的故事

胡文吉与谢老师

寒假到来了，胡文吉早就盼望着这一天，她终于可以见到几个月没有见面的爸爸，还可以回到成都，享受外公外婆对她的疼爱，和城里的小伙伴们一起玩耍。

这一次胡文吉考了全班第一。她小心地将试卷折好，放进了书包，她要将自己优异的成绩当做送给父亲的礼物，她期盼着爸爸为她露出骄傲和赞许的笑容。

处理好学校的事情，谢晓君终于带着胡文吉坐着西康福利学校来接她们的小货车，去塔公镇和胡忠会面。

一家人终于又团聚在一起，胡文吉终于可以在别的孩子不在的时候大声地叫着"爸爸，妈妈"，尽情地享受着父母对她的怜爱。

谢晓君也终于能把心思全部放在女儿身上。这份迟来的补偿，虽然很少，对女儿而言，却是最幸福的时光，她可以跟妈妈撒娇，即使只是叫妈妈给自己拿一瓶饮料。

当上校长的胡忠，工作更为繁忙。到了放寒假的时候，他也不能陪着妻子和女儿回成都，他要留在西康福利学校，陪着孤儿们一起度过春节。

谢晓君没有抱怨，她理解丈夫的事业，代替胡忠去看望家里的老人，代为尽孝。

当谢晓君带着女儿回到成都，推开家门的时候，外公外婆忍不住掉下了眼泪。看着外孙女长满冻疮像胡萝卜一样的手指，他们忍不住又将谢晓君骂了一顿。

"外公外婆，我在木雅祖庆学校过得很好很快乐。"胡文吉却满不在乎，因为她喜欢那里的白云蓝天，喜欢那里一望无际的草原，喜欢那巍峨高耸的雅拉神山和雅姆雪山，喜欢藏区的同学们。

胡文吉骄傲地将成绩单拿给外公外婆看，还用藏语唱民歌给他们听。

外公外婆又是高兴又是心痛，给胡文吉做了可口的饭菜，还准备了许多的零食。

胡文吉却将外公外婆给她准备的零食收拾好放进了书包。

"文吉，你不喜欢吃这些吗？那你喜欢吃什么啊，外公外婆再去给你买。"外公外婆不解地问。

"不是，我喜欢吃这些糖果。"胡文吉快乐地说，"但我要把这些糖果留着，等回去的时候和同学们一起吃。"

"这孩子……"外公外婆都不知道说什么好了，只好又买回一大包零食给胡文吉。

晚上睡觉的时候，胡文吉总是先脱了衣服上床，睡进母亲的被窝里。一开始外公外婆有些不解，后来才发现胡文吉这是在给谢晓君暖被窝，等自己的体温将谢晓君的被窝暖好之后，她才睡到自己的被子里。

外公外婆感动得差点又要落泪，他们问胡文吉："是谁教你这么做的？"

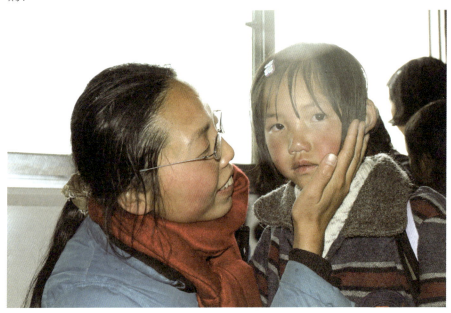

胡文吉和谢老师在板房学校

"爸爸教过我《三字经》：香九龄，能温席。孝于亲，所当执。融四岁，能让梨。弟于长，宜先知。"胡文吉天真地回答道："古时候有一个叫黄香的小孩子，九岁的时候，就会孝敬父亲，自己先睡下来，用自己的体温温暖席子，让父亲可以安寝。我要向黄香学习，孝敬父母。"

外公外婆叹了口气说："文吉，你想回成都生活吗？成都有很多好玩好吃的东西。"

胡文吉却摇摇头说："我爱爸爸妈妈，他们在哪儿，我就住哪儿。"

外公外婆没有了办法，只好在生活上关心胡文吉，问她想吃什么、想要什么。可胡文吉对生活方面没有任何要求。虽然是假期，她也是玩一会儿就去学习。

看到这样乖巧懂事的外孙女，外公外婆再也不向女儿提起让胡文吉回成都上学的事情了。

在家里，胡文吉还会主动帮外公外婆做家务，虽然他们总要阻止胡文吉，让她多玩一会，但她却很坚持。她总是高兴地唱着歌，开心地做这做那。

能够帮助别人，才是自己最大的快乐。

小小的胡文吉，在胡忠和谢晓君的教育和熏陶之下，已经比都市里其他同龄的孩子要懂事很多。

寒假结束了，胡文吉和妈妈又回到了塔公，开始了新的生活。

每一个学期开学的时候，班上的同学都热切地盼望着胡文吉的归来，因为他们知道，胡文吉总是会从成都给他们带礼物，书本、糖果、铅笔，应有尽有，每一个拿着礼物的同学都会非常开心和高兴，真诚地向胡文吉道谢。

"没什么，同学之间应该相互关心、相互照顾、相互帮助才对啊。"

胡文吉说。

胡文吉在班上人缘特别好，威信也特别高，这并不是因为她的妈妈是老师，而是因为同学们发自内心地喜欢她，他们喜欢胡文吉的善良、聪明、憨厚和开朗。每当下课自由活动的时候，胡文吉的身边总是围着许多同学，他们都愿意当胡文吉的朋友，和胡文吉一起玩。

班上有一个女孩，名叫欧珠，性格非常要强，平日里显得不合群，独来独往，不和其他孩子一起玩，也常常和其他孩子吵架。

谢晓君了解到，欧珠偏激孤僻性格的形成与她不幸的身世和遭遇有关。欧珠从小就没有父亲，母亲也从来不和她讲父亲的事，一个人艰难地抚养欧珠。因为家里没有生活来源，母亲不得不把在八美的房子卖了，寄居在亲戚家里，而将女儿送到全免费的木雅祖庆学校来读书。欧珠最不愿意的就是假期回到母亲那里，过寄人篱下的生活。

欧珠觉得这个世界对她不公，所以她对周遭的人也总是充满怀疑和警惕，生怕别人伤害她，以至形成了偏激的性格。久而久之，同学们也都不愿和她相处，都不和她玩，这使欧珠变得更为孤立。

这一切谢晓君都看在眼里，她私下里告诉胡文吉，欧珠其实也是一个善良的姑娘，只不过因为身世的原因，她的性格才会偏激。谢晓君告诉女儿，班里所有的同学都是兄弟姐妹，都应该团结互助，班里的同学不喜欢欧珠、不和欧珠玩，但是她不能这样，应该对欧珠一视同仁。谢晓君认为要对欧珠更好、更关心，这样才能慢慢地让她从生活的阴影中走出来。

胡文吉纯净的心灵就像草原明朗的天空，虽然她对谢晓君所说的话似懂非懂，但还是对谢晓君说："好吧，别人都不和她玩，那我就和她玩，和她交朋友。"

胡文吉开始主动找欧珠玩。

欧珠本来就对胡文吉有好感，自然是喜出望外，很快就和胡文吉成了好朋友。欧珠的汉语成绩不是很好，胡文吉就主动将自己喜爱的童话书借给欧珠，教欧珠认汉字。

郁郁寡欢的欧珠，渐渐地脸上开始有了笑容。

然而，有一天，胡文吉偷偷地找到了谢晓君，向妈妈诉说起了自己的苦恼。

原来，欧珠和胡文吉成了朋友之后，虽然心情好了许多，但胡文吉却发现欧珠想要独占她的友谊。胡文吉的好朋友有很多，但欧珠却不能理解。每当看到胡文吉和其他同学说说笑笑的时候，欧珠就会生气，她忌妒别的同学也和胡文吉是好朋友，她希望胡文吉只对她一个人好。

欧珠的做法让胡文吉感到难以理解，为什么会这样呢?

"在班上大家都是同学，都是兄弟姐妹，大家应该都很要好才行啊。"胡文吉这样对欧珠解释。欧珠却和胡文吉赌起气来，不理她了。而且只要一看到她和别的同学讲话，欧珠就会"哼"的一声转过头去。胡文吉过来和她说话，她也不理。

单纯的胡文吉还从来没有遇到过这样的问题，所以她觉得很苦恼，不知道该怎样处理和欧珠之间的关系。

谢晓君听了胡文吉的诉说，却不由得笑了起来。

"文吉，其实欧珠是真心喜欢你，想和你成为最要好的朋友。不过，她这样做是她不对。有时候朋友在一起走得太近，反而就会忽视了这份友谊的重要和珍贵。你可以尝试换一种态度对待欧珠。"谢晓君教胡文吉道："她和你赌气的时候，你不要着急，不要急于找她，你也假装不理她，你看看她的态度会不会转变。"

胡文吉从妈妈那里拿到了锦囊妙计，高兴地回去了。

后来的几天里，当欧珠和她赌气的时候，胡文吉不再生气，不再着急，她假装什么都没有发生，依然故我，还是和其他好朋友在一起说说笑

一家人在木雅祖庆

笑，让欧珠一个人在那里赌气。

过了几天，欧珠果然忍不住了。有一天课间活动的时候，胡文吉和朋友们手拉着手，在操场上散步，欧珠却猛地冲了过来，将胡文吉和别的孩子的手拉开，将自己的手和胡文吉的手拉在一起。

做完这个动作，欧珠还转头对那个同学翻着眼睛，又"哼"了一声，一副恨恨的样子。

欧珠主动跑来找胡文吉和她拉手和解，胡文吉非常高兴，于是她拉起欧珠的另一只手，让欧珠和好朋友央金的手也拉在了一起。

欧珠有些吃惊，假装挣扎了一下，但胡文吉却笑着，让欧珠和央金的手紧紧地握在了一起。

欧珠也不再坚持，僵硬的表情柔和了下来，露出羞涩的微笑。

从此以后，欧珠的性格慢慢地改变，她不再那么偏激和自我，不再像以前那样孤僻和难以接近。

在胡文吉的帮助下，欧珠终于慢慢地融入了同学们当中。

这一切谢晓君看在眼里，喜在心里，她觉得女儿开始长大了，比以前更懂事了。

胡文吉班上有一个与她很要好的女孩叫安卓，这个女孩的遭遇很可怜。

安卓得了心脏方面的疾病，有心脏积水，家里很困难。医生诊断怀疑这个病有传染的可能。可是胡文吉和安卓是很好的朋友，她们晚上本来是睡在一起的。

得知这一情况，谢晓君找到胡文吉说："胡文吉，你晚上睡觉不老实，老是蹬被子，把安卓弄感冒了不好，你们晚上不要睡在一起。"

胡文吉闪动着明亮的眼睛，点点头，答应了妈妈。谢晓君就安排她和寝室的另外一个女孩子睡。

其实，谢晓君是从母亲的角度考虑，没有和胡文吉明说。她只是告诉胡文吉，安卓的病不知道有没有传染性，如果传染了就不好了。

过了几天，谢晓君问胡文吉："你现在晚上和谁一起住啊？"

胡文吉是一个很诚实的孩子，她说："妈妈，我又和安卓一起住了。"

谢晓君说："她的病万一会传染，把你传染到，怎么办？"

胡文吉说："妈妈，我觉得，只要不是为自己，只要有一颗帮助别人的心的话，就不会被传染。就好像有一次我们学校有传染病，老师们都在帮助学生，可都没有被传染。安卓的父亲刚做了手术还在医院里，所以安卓现在很需要帮助，她的心里很痛苦，她一个人睡在那个床上很害怕，所以我要去跟她一块睡。我为她考虑，我不会被传染的。"

胡文吉的脸上露出坚定的神色，很有信心的样子。

女儿的一番话，让谢晓君为之动容。

女儿如此懂事，妈妈难道不应该理解女儿的这种善良吗？虽然心中有些担心，谢晓君还是默认了胡文吉的做法。

第
廿
三
章

第廿四章

衣带渐宽终不悔

年复一年，胡忠和谢晓君在草原上无怨无悔地奉献着自己的青春和力量。

当初青春帅气、精力充沛的胡忠，渐渐开始变得瘦弱和苍老，满头的青丝间长出了与他年龄不相符的白发。

但另一种成熟、睿智、淡定、从容的气质，却让这个步入中年的男人更富有人格的魅力。

西康福利学校的孩子们在成长和进步着，胡忠作为校长，则花费了更多的心血在学校的教学和管理当中，他开始在学校推行一种新的教学理念。

西康福利学校是一所特殊的民办学校，办学条件和资源都十分有限。办学初期，学校的教学目标仅仅设定在想办法完成国家规定的九年义务教育上，但是随着孩子们的进步和学校的发展，胡忠对学校制定了更高的目标，不仅要帮助孩子们完成九年义务教育，还要让他们继续读完高中，考上大学。与此同时，胡忠知道，对孩子们进行知识的传授，不是唯一的目的，必须让这些孩子们在德、智、体等方面全面发展，不仅要让孩子们学习更多的文化知识，还要让他们在思想品德上成长和进步。

胡忠坚信，教育的成功与否，一定要看受教育的人最终能否对社会有用、对社会的发展有利。胡忠富有创意地将学校的教学内容分成了三块：做题、做事和做人。这三个方面，蕴含着学校和老师们的一片苦心。

做题是为了应试和升学，做事是为了让孩子们学会生存和自理，而做人则是要让孩子们成为好人，成为对社会有用的人，成为有爱心和责任心的人。

胡忠认为，教育的核心首先是要教孩子们做人，要努力把孩子们教成好人，避免成为废人，绝不能变成坏人。这样的教育才对社会、对国家有真正意义上的价值。这是胡忠经过深思熟虑得出的教育理念。

在强调学习的同时，胡忠更注重教育孩子们学会做人。

在西康福利学校多年的教育经历，使胡忠认识到做人一定要知行合一，诚实守信，知足感恩。

这些道理讲起来很容易，但怎样才能让孩子们有切身的体会呢？

每当胡忠给孩子们讲怎样做人的道理的时候，他总是告诫自己，要求学生做到的，自己首先要做到，因为只有这样才可能影响到学生。胡忠将这个过程称为"与孩子共同成长"。这是他来到高原支教十多年的时间，展开一切教育活动所遵循和追求的最朴素的教育工作理念。

胡忠忘我地投入学校的教育和管理工作，以身作则，用自己的行动感染着孩子们。学校所有的义务劳动，他都参加，重活累活抢着干，从来没有一丝一毫的偷懒。

十多年里，胡忠的工资每个月只是300元，但就是这300元钱，他拿到手中，不是给孩子们买这买那，就是支援给更困难的人。

孩子们在学校阳光棚内整齐列队

胡忠担任学校的校长之后，每当知道某位老师有困难时，他就会在工资表上做手脚，从自己的工资里移出50、100，放到那位老师的工资里。有时候学校的开支比较大，胡忠干脆就不领工资——学校的经费来之不易，能省多少就省多少。这样做，胡忠心里没有任何的委屈，因为他把学校当成了自己的家。

为了真正打动孩子，让孩子们做好人，胡忠甚至告诉孩子们，如果他的女儿和他们同时落水，他一定会先救他们。

春风化雨，润物无声，言传身教，传递爱心，一切为了孩子，胡忠告诉自己，即使衣带渐宽，也终不言悔。

在条件更为艰苦的木雅祖庆学校，几年时间里，谢晓君发现自己竟然患上了风湿，忘我的工作使她从来没有注意到身体曾经多次出现的不适。

直到这一年的冬天，在冰雪满地的草原上，谢晓君不小心摔倒，在检查身体时才发现患了这种病。那一跤，摔得很厉害，背部重重地一跌，使她落下了病根。她这才发现自己的身体已经不能像以前那样硬撑，稍微累一点、冷一点，她的背部就会痛得厉害。一痛，人就会很难过地蜷缩起来，有时候四肢都不能正常活动。

但是伤痛并没有吓倒谢晓君，她也没有因此而退缩。她一边坚持工作，一边根据医生的建议进行自我治疗。

木雅祖庆学校的师生们都知道谢晓君每天要用艾条治疗她的风湿。一位有经验的老师送给她一套灸治的工具。那是一个塔状的木盒，点燃艾条，用一个棉布罩子罩上，当木盒发烫时，就放在背上、肚子上、腿上慢慢地熏。

谢晓君发现这样的治疗，对她的风湿性关节痛很有用。犯病的时候，为了不耽搁教学，谢晓君就会在灸盒中放上艾条，点燃后捆在身体的疼痛

参加户外活动的西康福利学校学生

部位，带着灸盒到课堂讲课。

孩子们都习惯了这样的场景，在讲台上上课的谢老师，背上微微冒着一股青烟，散发出一股艾草的气味。谢晓君怕孩子们闻不惯这样的味道，曾关切地问大家是不是气味很难闻，孩子们却善解人意地一起回答："味道不难闻，好闻！"

这一天，谢晓君又生病了，胃痛加上背痛，周末的两天里她都躺在医务室里输液。星期一中午，孩子们都跑到医务室看望谢晓君。

细心的谢晓君发现孩子们的情绪不太对劲，有些无精打采。她仔细一问才知道，孩子们的数学老师走了，今天，没有老师给他们上课。

纯朴的孩子们把老师都当成了他们的父母，老师走了，就好像亲人离开了他们，他们因此而感到很伤心，很难过。

木雅祖庆学校条件艰苦，老师的流动性很大，谢晓君已经数不清自己送走了多少位老师。

看到孩子们的失落，躺在病床上的谢晓君再也躺不住了："走，我去给你们上课。"

孩子们非常吃惊："谢老师，你还在生病呢！怎么能给我们上课呢？"

谢晓君站起来，摘下了挂在病床上方的输液瓶，高高地举在头顶上，说："没关系，老师现在已经好多了。我可以一边输液，一边给你们上课。"

孩子们露出了笑脸，情绪顿时好转了起来。大家欢呼着，簇拥着谢晓君，一起回到了教室。

就这样，谢晓君站在讲台上，一边输着液，一边给孩子们上起课来。

这是一幕很特殊的场景：讲台上老师在上课，旁边还有一个学生帮助她高高举着输液瓶。

爱心和责任心激发着谢晓君的意志，病痛已经被抛到了脑后，谢晓君讲解着课文，不时还在黑板上写写画画。

当她在讲台上走动的时候，为她举着输液瓶的孩子也要跟着走。

刚开始为她举输液瓶的孩子还精神十足，似乎在做一件让他感到骄傲和荣耀的事情。但很快，孩子就累了，举着输液瓶的手慢慢地往下降，讲台下就有孩子主动地举起手要求替换，于是孩子们就轮流来到讲台上，继续做着这件让他们感到光荣的事情。

这一堂课效果竟然特别好，孩子们都听得特别专注认真。每当谢晓君写满黑板的时候，就会有孩子上来帮她擦黑板。一直到瓶里的液体输完，谢晓君的血已经倒流到输液管，这堂课才中止，孩子们又簇拥着谢晓君回到了医务室。

谢晓君的举动给了孩子们很大的安慰和鼓励，孩子们本来有些躁动不安的心，又安定了下来。

因为责任重大，工作繁忙，即使在周末的时候，谢晓君和胡忠也不是每周都能相聚。而为了不拖胡忠的后腿，不影响他工作，自己身上的这些病痛，谢晓君从来没有和胡忠说起过。她自己默默地承受着一切，不希望丈夫因自己的病痛而分心。

有一天，谢晓君的病痛又发作了，而且很厉害，连平日里很管用的艾条灸熏也没有了效果。谢晓君只有睡在床上，咬着牙独自承受着一阵又一阵袭来的疼痛。这个周末，胡忠坚守在西康福利学校的岗位上，没有过来和她相聚。谢晓君躺在床上，辗转反侧，想找一个最舒服的姿势，让自己放松下来，抵抗住剧烈疼痛的侵袭。

　　然而，这一次疼痛发作得太厉害了，谢晓君忍不住轻轻呻吟。此时，她多么希望胡忠能够陪在她的身边，照顾她、安慰她。

　　昨天和胡忠电话联系的时候，胡忠问她身体怎么样，她还坚持说自己很好，让丈夫不要担心。

　　现在谢晓君真的有些后悔了，她多么希望胡忠能够出现，能够到她身边来安慰她。但谢晓君知道，这只是一个幻想和奢望，因为西康福利学校有100多名孩子需要胡忠照看，胡忠怎么可能没事随便跑到木雅祖庆学校来呢？

　　就在谢晓君艰难地和病痛斗争的时候，奇迹出现了。

　　宿舍的门被推开了，一个温暖而熟悉的身影出现在谢晓君面前。那不正是自己的丈夫吗？

　　看到自己的妻子独自承受病痛，胡忠快步走向谢晓君，一把将她抱住。

　　意想不到的幸福降临，让谢晓君喜出望外，她流出了幸福和激动的眼泪，结结巴巴地说："你，你不是说这个周末学校有事，你走不开吗？"

　　胡忠叹息着，怜悯而温柔地看着谢晓君憔悴的面容说："晓君，你病成了这个样子，为什么不打电话告诉我呢？"

　　温暖充满了谢晓君的心头，她柔声说："我没事的，小毛病，躺躺就好了。我知道你工作很忙，不想让你担心。"

　　胡忠心中不忍，又不愿在谢晓君面前流出眼泪，他轻轻按摩着谢晓君的后背，说："你哪里痛，告诉我，我帮你按一按。"

胡忠一边为谢晓君按摩，一边怜惜地说："你看，都病成这个样子了，你还说是小毛病。"

就在这时，宿舍门又被轻轻地推开，出现了一个稚嫩柔弱的小小身影，他们的女儿胡文吉出现在门口。

胡文吉怯生生地站在门口，不知道自己是不是应该进去，因为她们母女俩有约定，没有重要的事情，女儿是不能到宿舍来找妈妈的。

谢晓君挣扎着坐了起来，看着女儿。

年幼的女儿脸上有一种和她的年龄不相称的淡淡的忧虑，清澈明亮的眼睛中闪烁着一丝泪光。

谢晓君叫道："文吉，你怎么来了？"

胡文吉犹豫着，仿佛是做错事的孩子，愧疚地用手使劲地捏着衣角，

学生们列队午餐

小声地说："是央宗校长让我来的。她告诉我妈妈病了，爸爸也来了，让我过来看看妈妈。"

胡忠轻叹一口气，对女儿招手说："来，文吉，过来。"

胡文吉怯生生地走了过去，谢晓君用力地将女儿抱进怀里，而胡忠也伸出了手臂，将胡文吉和谢晓君一起搂在了怀中。

他说："校长也给我打电话了，她说你病得很重，让我来看看你。"

一家三口竟然在这样特殊的情况下相聚，女儿在爸爸妈妈的怀中轻轻地抽动着幼小的身体，担心地问："妈妈，你还痛吗？"

"我没事了。"谢晓君含着泪水说："你和爸爸来看我，我真的觉得好了很多。"

胡忠握着谢晓君的手，心中不禁感叹。

高原空气稀薄干燥，冬天里皮肤开裂是正常的事情，谢晓君手指甲都裂开了，手指上缠着创可贴。

每次上课，谢晓君都会拿出一个文具盒，里面有两层，上面放着彩色的粉笔，下面放着几张创可贴。在高原支教的这些年里，谢晓君用掉上千个创可贴。这一双本来是弹钢琴的手，现在却用来捡柴烧水，为孩子们洗衣服，拥抱孤儿，擦去孩子脸上的泪水……这双手现在已经粗糙了很多。

尾声

感动中国

一家人在天安门合影

柔弱但是坚韧，艰苦但是顽强。有许多的困难和挫折，但是却有更多的坚持和力量；有泪水，但是更有欢笑；有痛苦，但是更有心灵的充实和幸福。

从2000年开始，胡忠和谢晓君犹如两朵在高原上并蒂绽放的雪莲花，将他们美好的青春，将他们丰富的爱心，奉献给了这一片土地。

如今，学校学生们的汉语表达能力已经与省内其他地区同龄的孩子处于同一水平，藏语也达到同类学校的最好水平。更可贵的是，孩子们逐渐萌生了趋善避恶的纯朴信念。校园里，拾金不昧的孩子多了，勇于改正错误的孩子多了，自觉利他的好事多了。帮老师做事，到厨房帮忙，关心生病的同学，照顾刚进校的小同学……一件件不胜枚举的小事慢慢累加，成为自然的校园风尚。

2008年汶川大地震，因为孩子们的特殊性，学校没有倡导大家捐款，但所有孩子自觉地取出自己存放的零花钱，虽然不多，但全部捐献灾区。一部分没有存钱的孩子甚至请求校医抽自己的血献给灾区，全校学生还自愿节省一部分菜钱一并捐献给灾区。

十多年的教育终有小成。孩子们终于告别苦涩的过去，变得既讲文明又懂礼貌，既有理想又有文化。孩子们的健康成长，也使得当地老乡"读书无用"的错误观念逐渐得到改变。以前，藏区贫困的农牧民都不愿意把家中的孩子送来学校，因为他们认为孩子在家还可以为家里做点活儿，挖挖虫草。即便是把孩子送到学校的家长，多半也是抱着试试看的心态，因为学校是免费的，可以替他们"养"大孩子。如今，十多年过去了，原本可怜的孩子有出息了，学校不仅成为特殊孩子的天堂，连那些正常家庭的孩子也向往这里，家长想方设法要把孩子往这里送，这与办校初期的情况形成极大的反差。

孩子们茁壮成长，产生了可喜的变化，取得了长足的进步。

雪
山
并
蒂
莲

孩子们现在喜欢以写信的方式与两位可亲可爱的老师交流。一个孩子在信中说：

老师，这星期我没背完书，让您伤心了！老师管我们，是我们的福气。是您点亮了我前进的灯，能写这封信，也是您的恩德，是您让我学会了做一个诚实的人，让我学会了考虑别人……

还有一个孩子写道：

随着时间的流逝，我从无知变得懂事，从胆小变得勇敢，这都是因为您的帮助——老师！未到学校的我是个牧场娃，牦牛伴着我的童年，草原是我的天地。那时我是那么调皮无知，常让母亲落泪。现在我不再是那个无知的牧场娃了，在您的关怀下我渐渐长大，会读书写作文了，我深深地感谢您——我的老师！

……

第一个大学毕业后回来任教的孩子——江巴旺青

孩子们在进步，而学校的面貌也焕然一新。

如今的西康福利学校，占地50多亩，篮球场、教学楼、阳光棚以及各种教学设施一应俱全。

而木雅祖庆学校，从建校初期的600多名学生，发展到了1600名，校舍也从四排板房变成了面积超过9000平方米的现代化楼房。

近年来，随着旅游业的兴起，塔公镇也发生了巨大的变化。现在，水泥地面的街道整洁宽敞，街道两边是藏族风格的建筑，卖旅游产品的店铺鳞次栉比……塔公已不仅仅是菩萨喜欢的地方了。

十多年里，胡忠只回过五次家，塔公草原已经成了胡忠、谢晓君还有他们女儿共同的家。

他们放弃了繁华都市里的那个小家，却在这里和藏区孩子们有了一个共同的大家。

一家人在草原上

在西康福利学校，143个孤儿都叫胡忠"阿爸"。2011年，在学校已经长大毕业的43名学生中，42人考上了大学。

胡忠和谢晓君的经历感染着这些孩子，已经有十多名孩子和胡忠约好，大学毕业后也会回到藏区，像胡忠和谢晓君这样，帮助那些和他们过去一样的孩子。

让胡忠感到骄傲的是，第一个从这里走出去的大学生江巴旺青，考入四川师范大学文学院对外汉语专业，学习四年之后，回到了学校，成为一名老师，也成了第一位从这里走出去又走回来的孩子。

生活会越来越美好，藏区孩子的前景也会越来越光明。

胡忠和谢晓君坚守雪域高原支教，用最纯朴的行动告诉世人，教育

江巴旺青在校园里

的本质是让更多的学生得到温暖和爱，通过教育让更多学生成为对社会有用的人。夫妇二人的故事在藏区流传开来，藏民们将他俩尊称为"菩萨老师"。对于夫妇二人无私的奉献，藏民们发出由衷的感谢和赞美。

越来越多的人知道了这个故事。不知不觉中，胡忠和谢晓君走进了公众的视线，媒体开始报道胡忠和谢晓君的感人事迹，更多的人为之感动落泪。

荣誉、鲜花和掌声，呈现在夫妇二人的面前。

2012年2月3日，胡忠、谢晓君夫妇当选为"2011年度感动中国人物"。

感动中国组委会给这对爱心夫妇的颁奖词是："他们带上年幼的孩子，是为了更多的孩子；他们放下苍老的父母，是为了成为最好的父母。不是绝情，是极致的深情；不是冲动，是不悔的抉择。他们是高原上怒放的并蒂雪莲！"

感动中国十大人物推选委员、著名学者于丹说："这两位老师让我们知道：人最大的富庶在于爱和信念的坚持，他们用生命提携了孤儿的成长，在一个物质繁盛的社会里，他们仍然让世界相信——精神无敌。"

"当师德在这个物欲横流的时代逐渐成为稀有时，你们用最纯朴的行动告诉世人，教育的本质是让更多的学生得到温暖的爱，通过教育成为一个大写的人。"胡忠、谢晓君坚守雪域高原支教的事迹，引发广大网友们的持续关注，他们纷纷在网上留言表示敬意。

胡忠和谢晓君被评为感动中国人物后，面对媒体，胡忠和谢晓君夫妇却谦虚地对大家说：

"我们只是平凡人，做的也是很平凡的事情，不值得大家这样追捧。"

"我们俩是非常普通的人，也不觉得自己有多么大的贡献，只是教书育人而已。"

"大家都认为我们支教很苦。其实，我们收获的是非常大的满足感和幸福感。孩子们都是一张白纸，只要倾注全部的爱心，那张白纸就会成为最美的图画。"

"爱心是幸福的源泉。我们相信，爱心会传递下去，力量会越来越强，甚至可以改变一个地区的命运。"

在突如其来的巨大荣誉面前，胡忠和谢晓君夫妇一直保持着平和的心态，素心不改，本色依旧。

时至今日，胡忠和谢晓君依然是那么平静。他们说自己只是常年坚持做一件事情，就是教好这些藏区牧民的孩子。他们生活得很知足，也很快乐。他们依然在塔公草原默默地坚守，无怨无悔，从事着他们一开始就义无反顾选择的平凡而崇高的事业。

天地无言，天地有大爱。

胡忠和谢晓君犹如高原上两朵并蒂的雪莲，依然静静地开放，将他们的爱永远地奉献和延续下去。

（作者注：本书中出现的部分人物及藏区孤儿的名字为化名）

尾

声

胡忠、谢晓君的信

尊敬的川教社的各位老师：

　　你们好！

　　很不好意思！因为山里暂时没有网络，也常停电，忙的事情也多，所以，耽搁了看稿，请你们谅解！总的来说，写得很好！好像真实的我们并没有你们笔下那么好。

　　非常感谢你们对我们的关爱和支持！

　　看了你们的作品，静下来后，我也有一点感触。记得我曾对我的学生说过一些他们可能听不懂的话：一个人，只要心中有文化，有人生的目标，有是非观念，有清晰的理性思维，有对他人和社会真诚的爱心和责任心——这样的人就应多鼓励自己，去尽可能地多做有利于他人与社会的事情，因为只有这样，短暂的人生才会真正有意义，才会真正拥有快乐和满足！

其实，在我们眼里，这就是正确的人生之路！我和晓君是普通的人民教师，我们认同这个理念，并且努力践行它。

我想，这或许也应该是所有人心里最应有的做人处世信念，它并不高深，也不遥远。我们相信，在举国上下为复兴中华民族而共同奋进的今天，一定会有越来越多的人不由自主、不谋而合地选择这样的人生信念，而我们，只是其中平凡的两个而已。

祝愿老师们能挖掘创作出更多更好弘扬主流文化价值观的作品，为我们这个时代、为我们伟大的祖国和人民奉献更多更好的精神食粮！

谢谢你们长时间为我们的付出！向你们致敬！

祝工作顺心，生活如意，扎西德勒！

胡忠、谢晓君敬上
2013年1月16日于塔公

作者后记

难忘的一次感怀之旅

　　在世俗生活的沉重中隐忍磨砺而成长起来的人们，早年的那些柔软而浪漫的情感体验，往往会随着岁月的推移而逐渐变得淡漠，善感的内心也会被自我保护的厚厚藩篱粗糙地包裹。当他们听到如传说般的某个单纯善良而令人感动的故事的时候，即使内心最深处的恻隐纯良已经莫名地被轻轻触动，往往还是会抱着某种先验般的怀疑而去拒绝和排斥，他们甚至会在不自觉中硬着心肠将其视为诗人或小说家虚构的梦幻童话。

　　这样的情况经常会在生活中发生。自诩的理智和自以为是的精明世故，成了我们身处的现实世界中最为常见的无情伪饰。然而，我相信善意的力量，我相信善意会带来的奇迹，我相信总会有令人惊喜和难以置信的改变发生。我相信当亲爱的读者读到这本书的时候，一定会有某种完全不同的感慨和触动。

因为四川教育出版社的特别策划和妥帖安排，我有幸于2012年的秋天，与四川教育出版社王积跃副社长、何杨主任、胡晓编辑一起前往康定塔公草原，采访和见证了胡忠、谢晓君夫妇那一段"感动中国"的真实故事。现在呈献在读者眼前的这本小书，便是我此后用数月的时间对采访笔记进行的整理和回忆。完稿之后，掩卷沉思，我却深感言语的表达竟然还是这样的无力。虽然我已经竭尽了我的所能，在书中尽可能一一记录那些最为关键、真实和生动的细节，但我却知道，那文字的力量和鲜活的生活场景相比，毕竟是会有苍白贫乏和难以准确传神的遗憾。我甚至知道，我的讲述也难免会有挂一漏万的错失。

我甚至还会想到，在当今这个过于物质的社会中，在这个光怪陆离的传奇故事充斥视野的超媒体时代，我的讲述可能还并不能够完美对抗那些顽固冷漠的观念和先入为主的鄙陋。但是我相信，这本书微不足道的努力和付出是一定会有收益和回报的，因为这本书中传递的那些我所亲身经历体验的纯良的善意，至今还在我的内心泛动着美妙的旋律般的涟漪。

在日常生活中，我们的目所能及，有太多为名利而忙碌奔波的人们，他们忿恚忧惧，患得患失。正因为有如此强烈的对比，胡忠、谢晓君夫妇给我留下了极为深刻和难忘的印象。他们生活简单，衣着朴素，表情却是谦逊亲切，坚定温和，平易文雅，坦诚和悦。对于物质上最少的需求，却映衬了精神上最多的富足。他们虽然平凡而普通，却有着自足的尊严；他们的举止自然随性，洋溢着坦率和纯真。他们绝不把自己当做圣人，但毋庸置疑，在他们的那些朴实无华的生活中，却有着明心见性的觉悟和高贵。

塔公草原是一个充满着诗意而使人悠然忘世的神奇的地方，梦幻和理想在这里是如此的真实，似乎触手可及。她带给我的震撼和惊艳，在本书中我已经用了很多的抒情文字给予描画和书写。我以为，塔公草原的美丽，正呼应了胡忠、谢晓君夫妇的"感动中国"的动人光辉。

当我写完这本书后，我竟然数次午夜梦回，流连在绵延起伏的山丘与草场之间。流水今日，明月前身，我知道这是我的幸运。塔公草原之行，是我人生中难忘的一次感怀之旅，已成为我生命中永不枯竭的温柔怜悯和想象力的源头活水。

是为后记。

覃贤茂
2013年夏写于四川大学锦江学院

雪
山
弄
蒂
莲

编辑后记

　　在这本小书的选题确定之后，我们就清楚了工作的基本目标——从"感动中国人物"奖杯的光环下还原胡忠、谢晓君十多年支教岁月的真实人生，向读者讲述一个有诚意的故事。可我们发现，即使这最基本的目标，实现起来也困难重重。因为起初，就连我们自己也很难想象生活于都市的夫妻二人是因为什么原因举家迁往藏区，耕织一段全新的人生的。

　　面对大量现成的资料，我们曾预设了整本书的脉络：一段关于摆脱现实的桎梏、实现人生理想的经历，一个关于信念的故事。然而，事实证明陷入桎梏的是我们自己。

　　2012年9月，我们与作者覃贤茂先生在塔公镇采访了胡忠和谢晓君。这次见面颇费周折，因为一场大雪压断了该地区的通信电缆，电话再也打不通（这在当地是时常发生的），会面变得遥遥无期。直到当天下午，我们才见到了夫妻二人——胡忠外向健谈，谢晓君沉静而略显疲惫；丈夫头发斑白，妻子两腮高原红。缘于教学工作的繁重，随着采访的进行，谢老师竟然还忍不住打起瞌睡……

这次采访的内容，经过作者的整理，已经完整地呈现在书中，构成了胡忠和谢晓君夫妻二人"感动中国"的故事。然而，人生不可复制，感动各有不同。我们要通过怎样的努力使这本小书能为读者所接受，甚或带有一点小小的野心，去打动读者呢？这样的问题带给作者和我们巨大的困惑。

我们之所以将曾经面对的困境和盘托出，是为了解释前文提到的"桎梏"，以及这个"桎梏"的破除过程。现在回想，当初的自我束缚是存在一定必然性的——我们一直在追求事件内在的"合理性"。我们在选题策划之初就为自己设置下关于胡忠和谢晓君支教动机的疑惑，并进一步推演了整个故事的起承转合和那些令人"感动"的细节，力图将故事讲得合情合理。无疑，如果工作真如我们想象的进行，我们也不会陷入困境。但是如果事情真是这样发展，我们就违背了开篇即提到的关于这本小书的基本目标——一个背离真实的故事是缺乏诚意的。

与胡忠和谢晓君会面对我们思路的转变具有决定意义，他们夫妻二人的淡然从容可以给人一种平静的力量。他们相互补充、默契地娓娓道来，勾勒出一个"平凡"故事，勾勒出山间平地上的一所学校……站在校园的操场上，贴面就是一座高山，几个学生从我们身边走过，自然地弯腰鞠躬，喊道："老师好！""停电到第6天，取暖都成了问题。全校老师只有饿肚子了，把冷馒头先分给学生。"这样的所见所闻促使我们彻底推翻了之前的预设，而去关注故事本身。接下来的工作就变得异常顺利了。脱离了关于"信念""理想"的桎梏，胡忠和谢晓君的故事也变得流畅起来。我们终于能以一种坦然的心态面对文字以及文字背后的人文精神，像胡忠和谢晓君夫妇一样心平气和，将他们的故事向读者娓娓道来……

此时，我们正坐在成都的编辑室里，为这本小书的付梓做最后的工作。从这座城市向西，依循群山的阶梯拾级而上3400米的高度，有一对教师夫妇正继续耕织着他们平凡的人生。我们在这里仰望，缘于海拔，更是缘于一种人文精神的高度。

2013年11月

雪
山
并
蒂
莲